牛津大学出版社签约作家、《读者》
杂志签约作家共同抒写少年的心灵
和青春的梦想

海

纪广洋 著

为什么是蓝的

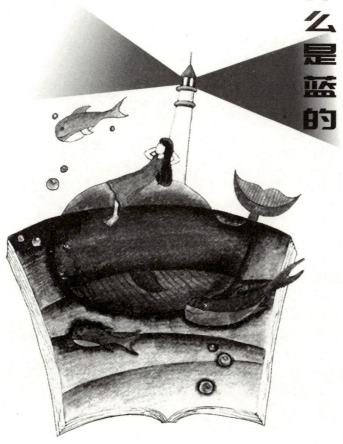

山东城市出版传媒集团·济南出版社

图书在版编目(CIP)数据

海为什么是蓝的 / 纪广洋著. —济南：济南出版社，2019.3

（心灵花园丛书）

ISBN 978 – 7 – 5488 – 3589 – 9

Ⅰ.①海… Ⅱ.①纪… Ⅲ.①随笔—作品集—中国—当代 Ⅳ.①I267.1

中国版本图书馆 CIP 数据核字(2019)第 036817 号

出 版 人	崔　刚
责任编辑	张伟卿　马永靖
装帧设计	宋　逸
出版发行	济南出版社
地　　址	山东省济南市二环南路 1 号(250002)
编辑热线	0531 – 86131741
发行热线	0531 – 67817923　86922073　68810229
印　　刷	山东省东营市新华印刷厂
版　　次	2019 年 3 月第 1 版
印　　次	2019 年 3 月第 1 次印刷
成品尺寸	150mm×230mm　16 开
印　　张	7
字　　数	72 千
印　　数	1 – 5000 册
定　　价	49.00 元

(济南版图书,如有印装错误,请与出版社联系调换。联系电话:0531 – 86131736)

目　录

心灵花园

第一辑

青春、梦想和房子

人生命运往往就是这样，在命中注定或非注定的未知中，蕴含着巧遇和心志缔结的玄机。

人生中的一场雨

　　2003 年夏天，作为同班同学的甲和乙，同时应聘于某大型私营企业。不同的是，上岗前的军训中，甲因为一场特大暴雨旷了一天的课，乙却因为同一场暴雨成了该企业的精英和骨干。

　　上岗前为期七天的军训，是该企业的传统课目。2003 年的军训场地依然选在城市南部的一个山谷之中，甲和乙被编排在同一个班组。军训进行到第四天的时候，甲和乙几乎同时发烧和干咳。当时正值全民抗击"非典"的特殊时期，训练场地又正好放着两辆自行车，教官就安排他俩骑自行车到市内的发烧门诊去检查。并强调说，如果不是"非典"，别管是其他什么病，都要立即返回培训基地。

　　在医院里，两人双双被确诊为伤风感冒。可是，当他俩走出医院的大门时，天气骤变，狂风呼号、乌云翻滚，眼看就是一场暴雨。甲说，反正离家不远，去拿件雨具，但乙坚持马上归队。就这样，两人在街头分手了。

当乙骑着自行车，冒着狂风骤雨在崎岖的山道上往培训基地赶时，他发现自己老板的轿车停在一截土路上，两个后轮深深地陷入泥泞中，老板和司机正急得团团转。原来，当老板在电话中听说培训基地发现了两例疑似"非典"病例时，本着对职工和社会负责的精神，前往基地查看究竟，结果突遇暴雨，车陷泥中了。听司机说完，乙二话没说，让司机上车发动，自己则伏下身子，硬是用肩膀把车推动了。看着满身泥水的乙，老板有些感动，他一边递给乙毛巾一边说："没病就好，你怎么自己回来了？不是还有一个病号吗？"

"他一看天要下雨，回家拿雨具去了。"乙只得实话实说。

"你怎么没去拿雨具？本来就病着呢！"老板关切地说。

"教官说，只要不是'非典'，要立即返回。"乙一边擦身上的泥水一边说。

老板更加感动了，他拍着乙的肩膀说："好样的！公司需要你这样的硬汉！"

一同来到培训基地后，老板冒着瓢泼大雨给站在雨中的员工们讲话。他不无感慨地说："这是难得一遇的好天气！我们的培训、我们员工的意志需要这样的天气和环境，需要这样的历练和考验！"

最后，作为个例，他还把在路上遇到乙的情况向参训的员工们做了介绍，号召员工们向乙学习。

一年之后的今天，甲还是个一般的员工，乙却作为经理级别的拔尖人才到美国硅谷深造去了。

人生中的一场病、一场雨、一个闪念、一次抉择和决定，就这样演绎了两个同学的不同境遇，甚至演绎了两个同学截然不同的前途和命运。

　　人生命运往往就是这样，在命中注定或非注定的未知中，蕴含着巧遇和心志缔结的玄机。通俗的说法就是，心态、意志和作为决定人的命运。

有事业的地方就是家。看看人类史上那些出类拔萃者，有几个人是在本乡本土窝憋一生的？又有几个人为了固定的房屋而停止了追寻的脚步、收起了理想的翅膀？

青春、梦想和房子

中秋节回家探亲之际，我遇到了孩提时代的几个伙伴（也都是中小学时期的同学）。多年不见的几个老朋友偶然聚到一起，都非常高兴，有人提出来喝几杯，大家一致赞同。转眼之间，我们都是年过而立直奔不惑的人了。有心系田园、专心务农的，有接班上班、而今下岗的，有囿于单位、聊以度日的，有果断辞职、走南闯北的，有出国留学、海外发展的……觥筹交错间，我们谈论最多的自然是青春和梦想，而事关青春、左右梦想的，居然是房子。

心系田园的，因为当年他的父母要盖房屋而中途辍学。而今，他又在准备着翻盖房屋，因为刚刚 17 岁的儿子已经有给提亲说媒的了（他儿子和他一样，初中没毕业就辍学了）。按他的话说："我这一辈子唯一的心事就是给儿子盖个好房屋，不能让人家瞧不起……"

接班进城的，由于工厂不景气，他和夫人两年前就双双下岗了。他如今既放不下"工人阶级"的身份，又不善经商，除了每天清晨帮夫人进些水果外，基本上是闲在家里。按他的话说，要不是为了单位分给的60个平方米的房屋，他在10年前就辞职下海了。他的几个哥们曾邀他一起去海南发展，而今，那几个哥们的车库都比他的房屋大。

囿于单位的，快四十岁的人了，职位依然不见起色，还是办公室的一般文员。十多年来，他曾经有两次跳槽调动的机会，但考虑到老单位分给的房子比较满意，一一错过了机遇。

果断辞职的，原来也有很不错的工作，工作单位也分给他既敞亮又便宜的商品房，还有一辆由他支配使用的轿车。在他30岁那年，在他刚刚由办公室主任晋升为副总经理之际，他为了个人的爱好，毅然决然地辞职了。为了个人的艺术追求，为了实现梦中的理想，他卖掉了房子，离别了故乡的小城，先去了省城，又去了北京。而今，他不但实现了自己的理想和愿望，也早已成为金钱和财富的主宰者，他每年的收入都能买套比较高档的别墅。

出国留学的，说起来更有启发意义。当年，他的父母为了供他上学，居然卖掉了他家的一处院落。他也争气，本科、硕士、博士一路连读，5年前又作为国家外派专业人士去了海外。当心系田园的哥们问他在海外的住房情况时，他诙谐地说："我在海外片瓦没有，都是寄身于公寓，就是暂时居住的绝对不给房产证的公共寓所……"

有事业的地方就是家。看看人类史上那些出类拔萃者，有几个人是在本乡本土窝憋一生的？又有几个人为了固定的房屋而停止了追寻的脚步、收起了理想的翅膀？有些事业和成长，是需要运动和游走的，需要脱离所谓的安居。好男儿志在四方，为了理想、信念和追求，为了梦中的橄榄树，放迹天涯、四海为家。

无论是谁，回首人生时，命运就是你的作为和成就。

命运就是你的作为

我读中学时的班主任谭老师，业余时间经常翻看《易经》《柳庄相法》之类的古典书籍。据说他的眼光和心算特准，既能预测人生命运，又能指点心灵迷津。而且，谭老师的预测和指点必须一对一地进行，不能有第三人在场，这更增加了他的神秘感和吸引力。

初三快毕业的时候，我班的许多同学都找谭老师咨询过，请他预测指点各自的前途和命运，回来后又都非常一致地对各自的咨询结果缄口不言、讳莫如深。出于好奇心，我也去找了谭老师，请他为我预测指点一下。刚走进他家的小院，他就拉开了房门，走到屋外来迎接我，并连声说："我就知道你会来，你是一个有理想、有志向的人！"说着他把我领进书房，一边为我沏茶倒水，一边问我近期的学习情况。当我不无尴尬地提出让他预测命运、指点前程的话题时，他哈哈一笑，随口说："你的情况我太了解了，早已看得清清楚楚，从你上初一的时候我就开始注意你了，你是一个外表活泼、内心沉静的孩子，有脾气、有个性，是个勇于进取、不服输的好学生！在今后的学科和择业方面，你只要按自己的爱好和特长行事就行了，只要坚定不移、持之以恒地追寻自己的理想和志向，你肯定会出类拔萃，成就一番事业的，这是我对你的指点和期望。至于你究竟能达到什么样的人生境地，我现在不告诉你，我写在一张纸上，封在一个信封里；待你认为自己有所成就的时候，记住，不是升学、晋升这样的小成就，而是确已奠定了自己的事业基础，基本上实现了梦寐以求的人生理想的时候，你再打开信封看一看，看我的预测和指点准不准。到时候，你会对我的预测大吃一惊，对老师的眼光和推算心服口服的。"

在风风雨雨的人生之路、坎坎坷坷的事业征程上，转眼就是两个十年，一梦又一梦的无数个晨昏，我多少次从深深的柜底敬畏地取出谭老师当年用双手递给我的非常精致的小号信封，又都非常珍惜非常虔诚地放回原处。心底云集着热望，肩头增加着分量，指端充满了干劲。每当此刻，一首老歌便会在我耳畔萦绕："我知道我的未来不是梦，我认真地过每一分钟……"

多少年来，我一直铭记着谭老师的教诲，按自己的爱好和特长发展自己、定位自己，在寂寞的诗坛、浩瀚无边的文海里坚持写作。而今，当我成为作协的秘书长、写作学会的会长，当我在国内外报刊发表三千多篇作品，当我接连出版《没有钥匙的锁》《禅知道答案》等四五部文集，当我的新书入选"全国青少年喜爱的优秀图书"时，我终于鼓起勇气拆开了谭老师赐予我的那封信。

恩师的信上却只有一句话："命运就是你的作为和成就。"

在灾难中涅槃人类的智慧和豪情，那么，世间的一切灾难和不幸也许都能转化为人类的幸运、进步和福祉。

降落伞是怎样发明的

19 世纪 70 年代，法国人白朗沙尔在一次气球飞行实验中，因为气球突然破裂而从 200 米的高空坠下。就在九死一生、千钧一发之际，蒙着气球的一块布幔奇迹般地张开了，一下子减缓了下坠的速度。幸运之神降临了，白朗沙尔有惊无险、死里逃生。

可以说，这是一次万幸的意外事故，也再次警示了高空飞行研究的危险性。按常理说，白朗沙尔理应惊恐不已、长久后怕，甚至谈高色变，可是，他不但不后怕、不气馁，反而惊喜异常，马上投入到更加频繁、更加危险的高空实验中——他从自己大难不死、绝处逢生的历险中，得到的不是惊吓和畏惧，而是一种之所以脱险的意外启发。他欣喜若狂，马上着手研究起生还的原因以及奇迹发生的条件和原理。他利用救命的布幔反复实验高空降落的减速原理，在高度不等、风向不同、气候各异的各种自然或人为的环境中，故意弄破无数个气球，无数次冒着生命危险体验降落、研究降落。

苍天不负有心人。两年后，他利用四根棍子和几条绳索撑着一大块帆布，在气球正常飞行的情况下，主动从高空跳下并徐徐降落，完成了人类历史上第一次真正的高空跳伞实验。具有划时代意义的第一顶降落伞诞生了。

任何危险和灾难都有其形成的条件和原因，也都有防范的可能和方式。如果像白朗沙尔那样做个勇者和有心人，在灾难中涅槃人类的智慧和豪情，那么，世间的一切灾难和不幸也许都能转化为人类的幸运、进步和福祉。

适当地、尽可能地减轻心灵的负担和生活的累赘，轻装上阵、爽手利脚、心情欢快地漫步人生之路，冲刺事业之旅。

薄壁钢管和充气轮胎

从法国人西夫拉克在 1790 年发明了仿生器械"木马轮"（模仿马的形状），到 1817 年德国人德莱斯改进的有方向装置的木轮车，再到 1840 年英国铁匠麦克米伦改进的装上了连杆和曲柄的脚踏车，直到 1861 年法国的米肖父子在前轮上安装了能循环转动的脚蹬板，前后款式的双轮车才真正拥有了自行功能和"自行车"的雅号。

再后来，英国的雷诺采用钢丝辐条固定、拉紧车圈，自行车在轻便和美观上又大大地前进了一步。1874 年英国人罗松又在脚踏板和车轮之间装上了链条和传动轮（齿轮），把脚踏的力传送到后轮上来推动车子的前进。现代自行车的雏形基本上具备了，但是，他们做车子的材料不是木质就是实心铁杆，非常笨重，尤其是金属材料做成的车子，两个人都抬不动，使用起来极不方便。

　　1886 年，英国的机械师斯塔利，根据机械原理和运动原理设计出了新型的款式，并装上了前后叉和车闸。最重要的是，他用薄壁钢管取代了原有实心材料，大大减轻了车子的重量。他还启用了橡胶车轮，然而美中不足的是，这时的橡胶车轮依然是实心的，笨重而缺乏弹性。两年之后，爱尔兰的兽医邓禄普从医治牛的胃胀中得到启发，将用来浇水的胶皮管粘接成圆环形，充足气后套在车轮上。这是充气轮胎的开端，也是车轮的一次革命，既减轻了材料重量，又增大了弹性，有了良好的防震功能，使自行车更加轻便和舒适。

　　检视自行车的一次次变革，除了外观和功能的不断完善和改进外，最成功、最智慧、最巧妙的莫过于使用了薄壁钢管和充气轮胎。这两项变革，从根本上提高了自行车的轻便和舒适性，从而决定了自行车的家用角色和广泛使用性。这不免令人联想到人生和命运——适当地、尽可能地减轻心灵的负担和生活的累赘，轻装上阵、爽手利脚、心情欢快地漫步人生之路，冲刺事业之旅。

有没有虚心好学的良好品质、不弃不离的平和心态、坚韧不拔的顽强斗志、遇变不惊的心理素质，是麻将桌上，也是人生路上输赢的关键。

麻将的哲理

春节前后，我多次和家人围坐在麻将桌前废寝忘食地打拼，牌技有了明显的长进，对麻将这门传统的娱乐项目也有了更深、更全面的体会和思考。

我渐渐发现，麻将的玩法、技巧、蕴涵的哲理，以及需要的心力和智慧，居然与人生世事、与现实生活有着千丝万缕的契合。

想玩麻将娱乐一下，必须邀上三五朋友，体现了娱乐的群体性和互动性，也体现了人与人之间的配合、友爱、密不可分。

摸牌之前，要抛色子定先后、定方位和留牌的数目，这既体现了人与人之间的平等，体现了游戏的程序和规则，又体现了机遇的偶然性，体现了某些方面不以个人意志为转移的世事常理和人生变数。

摆牌中的抹、串、对子（即所谓的"将"），以及为实现这些而进行的吃、碰和自摸，无非是一个寻找和等待的过程。是一个靠手气、碰运气的过程，更是一个全盘把握、细致操作的过程。既需要耐心和敏锐，又需要练习和技术。这与人世上的许多渴望、追求和角力有着同样的焦盼、磨砺和素质较量。

一般形式下的胡（赢）牌与更高层次的"清七""扑靠""一条龙"，战果是不一样的，再加上"明杠""暗杠""杠后花""砸杠花"，以及庄上庄下可能出现的"天胡""地胡"，还有传说中一辈子也难胡到一次的"九莲宝灯"，让人体味出胜上加胜、赢上加赢的喜悦和追求的永无止境。据说手里仅有的十三张牌，居然能编排出九九八十一种胡法，真是深不可测、妙不可言。体现着人生和人性、世事和事业的丰富性、复杂性，以及多变无常的奥秘玄机！

有时候，一顺百顺，手到擒来；有时候，望眼欲穿，霉运难挨。

有的人一上手就风调雨顺，好牌连连，胡了再胡；有的人自始至终不见东风，整场牌打得死气沉沉，输得一塌糊涂；有的人牌起得虽然不好，却自强不息、稳扎稳打，最后胡出个好光景；有的人牌起得虽然好，却傲慢自负、忘乎所以，甚至非得自摸求大胜，结果被人家抢滩截胡，空留哀叹……

仔细想想，人生旅途就好比一程麻将的输赢，从砌牌、抛色子到候牌、取牌、出牌，先无法预料自己的牌况，后无法预测对手的牌势，运动中的发展和走向更是千变万化、险象环生，机遇与挑战并存。有没有虚心好学的良好品质、不弃不离的平和心态、坚韧不拔的顽强斗志、遇变不惊的心理素质，是麻将桌上，也是人生路上输赢的关键所在。

无论风雨如何肆虐，无论环境如何纷乱，只要我们把自己的东西收拾妥当，把自己的事情办好，自己先安稳下来，一切也就归于平静了。

自己先安稳下来

上中学的时候，夏日午后的一节作文课上，因为天气炎热，我们的教室正大开着窗子和门。就在语文老师刚刚走到讲台上时，骤起的一阵大风从北面窗子钻入，又如同野马一般向南面的窗子和门奔去。我们刚刚摊开的书和本子被纷纷吹落在地上，教室里刹那间乱作一团，风声、惊叫声不绝于耳。

就在这时，老师大声喊道："同学们注意了！同学们注意了！挨门和窗子的同学赶紧把门窗关好，其他的同学抓紧时间把自己的东西收拾好，没什么可害怕的，不就是一股狂风吗?!"

听到老师的部署和安慰，我们从惊恐和愣怔中回过神来，很快关严了门窗，接着又收拾好了各自的东西。不大一会儿，教室里就恢复了安静。

老师笑了，非常满意地巡视了一下同学们，居然有些喜出望外地说："我正愁着没作文题材呢，这下好了，同学们就写写刚才的风吧。"

　　这节作文课上，我写出了受到老师表扬、至今难忘的好结尾：无论风雨如何肆虐，无论环境如何纷乱，只要我们把自己的东西收拾妥当，把自己的事情办好，自己先安稳下来，一切也就归于平静了。

经你的手一栽，树木便与你有了实实在在的联系，山野中、地球上便有了你的一份奉献，大自然中便葳蕤着一份属于你的生机。

亲手栽的几棵树

二十年前，我上高一的时候，在植树节那天，响应共青团绿化造林的号召参加青年绿化林的义务劳动，在嘉祥县土山桥歇马亭附近的山梁上亲手栽下了五棵小松树。当时，挖坑、培土、汲水等一系列劳动，在我手上留下几个血泡。当然，还留下一篇非常翔实的日记。

转眼许多年过去了，又一个春暖花开的季节，我陪同南方来的朋友去鲁西南参观武氏祠汉画石刻和青山寺。路过歇马亭时，目睹山梁上的一片片绿树，我忽然想起我栽的那几棵松树来。我向朋友们一说，大家都说要一同去看看那些小树究竟长成什么样子了。

当我和其他四位朋友攀上那片林木葱郁的山梁时，我还是一眼就认出了自己栽的五棵松树——经过二十年的风风雨雨，它们已长得面目一新了。有两棵长得非常挺拔，绿冠如云；有两棵长得枝杈纵横，巍然壮实；另一棵则干虬枝斜，如同盆景，怎么看也不像迎客松。一个朋友就根据它的"肖像"，起名为"招呼松"。

面对这五棵形象各异却都茁壮成长的松树，我像遇到久别的亲人一样，围着它们转了又转，看了又看，搂了又搂……心底暖暖的，眼底湿湿的。

朋友们非常羡慕地说：这可是件特别有意义的事情，经你的手一栽，这些树木便与你有了实实在在的联系，山野中、地球上便有了你的一份奉献，大自然中便葳蕤着一份属于你的生机……

回城的路上，朋友们议论最多的不是汉画石刻，也不是青山的洞天，居然是我亲手栽下的那五棵松树。还有朋友说，今年春天他也找地方栽几棵，为自己留下点儿纪念和德泽。

憧悟贤达洞明的人生境界，膜拜令人景仰的精神皈依，追寻让人戚念的心性素养。

心灵的钟声

我曾在坐落于胜地名山千佛山的西山坡上的一所大学进修，其所在地与久负盛名的兴国禅寺离得不远。兴国禅寺位于千佛山北侧的山腰上，山门朝西。寺院大门两侧有赵朴初题写的笔力遒劲的对联："暮鼓晨钟惊醒世间名利客，经声佛号唤回苦海梦迷人。"寺内有大雄宝殿、观音堂、弥勒殿、钟鼓楼等建筑，是一座香火鼎盛的寺院。在学校就读的日日夜夜，随着漫旋的山风，经常闻到若有若无的淡淡的香火气。无数个清晨，半梦半醒间，我总是期待着那古老而悠扬的钟声。

进修期间的生活和学习的确是枯燥乏味的，有的同学就想方设法搞个小动作、玩个小名堂什么的，活跃活跃气氛和心情。有一次，我应邀跟一个被同学们称作"大李"的哥儿们出去散心，在泉城公园附近的一个自动售货机前，他从兜里掏出一枚钻了眼儿、系了细线的硬币投入售货机，非常熟练地从售货机里取出饮料，然后又轻轻一拉，拖出了那枚伤残的硬币。我感到好奇，从他手里接过那枚硬币也想试试。可是，就在我笨手笨脚地实施"免费"取货时，那枚在细线上悬垂着的硬币一下子碰击在售货机的金属壁上，发出令人心惊肉跳的声响——我立刻想起兴国禅寺的钟声，接着又联想到那副省心明志的对联。我真的一下惊醒了，意识到这是一种盗窃行为，马上缩回了自己的手。做了自我检讨、说服了大李之后，我在附近的商店里换开钱，照售货机标明的饮料价格投进几枚崭新的硬币。

后来，在校园的宿舍里，我梦到古代明君舜帝在千佛山下开荒种田、象耕鸟耘的情景，联想到娥皇和女英"斑竹节节生愁怨，泪痕点点寄相思"的动人故事。千佛山的石阶上、兴国禅寺的钟声里，我开始憧悟贤达洞明的人生境界，膜拜令人景仰的精神皈依，追寻让人戚念的心性素养。

从此，我的心灵深处便常响起悠扬的钟声。

什么时候才能来

未来

第二辑

心存感激的人们往往都有一种寻求回报的希冀、愿望和善意，有一种内在的情感、精神和意志，有一种奋发向上的毅力和动力，自然而然、顺理成章地成为人生和事业的成功者、佼佼者。

心存感激

一个当年为生活所迫的流浪汉，一路乞讨来到鲁西南，却被一条小河拦住了去路。一位常年以摆渡为营生的老者免费把他送到了对岸，还给他半块热腾腾的烤地瓜。后来，这位流浪汉在漫漫旅途上时常想起那条小河，想起那位摆渡的老者。他总觉着欠下了人情，觉着今生今世倘若不能回报，是一种莫大的遗憾。于是，他立志要改变现状，好有条件报答这个摆渡的老者以及那些曾经施舍于他、有恩于他的人。

在这种日益强烈的感恩心理的激发下，他终于奋发图强、有所作为，结束了饥寒交迫的流浪生涯，在南方白手起家创下大业。他又专程回到了他曾经以乞讨为生的那片土地，回到那条小河边，他要赡养那位摆渡的老人，并投资在这条河流之上建一座"感恩桥"。遗憾的是，那个摆渡的老者已病逝，他只能挥泪与当地有关部门签下了独资建桥的项目。桥梁建成之后，他又在桥的一侧为摆渡的老者立了一块"感恩碑"，碑上镌刻着他的心迹和愿望。

"感恩桥""感恩碑"留给我以下感想：一是人间充满了善良和爱，生活毕竟是美好的；二是现实社会之于我们或多或少都会有这样那样的便利和恩赐，一个有着健全人格和良心的人，确实应有所回报和答谢；三是心存感激的人们往往都有一种寻求回报的希冀、愿望和善意，有一种内在的情感、精神和意志，有一种奋发向上的毅力和动力，自然而然、顺理成章地成为人生和事业的成功者、佼佼者。

当人们满怀希望的时候，未来就会像朝霞一样从明天的地平线上升起。

未来什么时候才能来

未来是一个美好而充满魅力的字眼，不知有多少人，一生一世地向往着未来、期待着未来，但不曾拥有未来。因为好多人不知不觉间、聊以自慰中，早已把自己的一切都寄托在所谓的未来，在现实生活中碌碌无为地虚度着珍贵而有限的光阴，将自己的青春和才华付之东流，将自己的前程消磨在梦想和期待的缕缕云烟中。

其实，未来并不是虚无缥缈的空中楼阁，更不是宿缘可期的沿途驿站，它萌芽于追寻者勇往直前、百折不挠的脚步间，生成于拼搏者坚持不懈、全力以赴的血汗里。不行动的人永远没有未来，没有未来的人永远不行动。

对于脚踏实地的追求者来说，每个日夜都是新的征程，每个黎明都是新的希望，每个奋进的目标都是未来。

有一首歌这样唱道："我的未来不是梦，我认真地过每一分钟；我的未来不是梦，我的心跟着希望在动，跟着希望在动……"

当人们满怀希望的时候，未来就会像朝霞一样从明天的地平线上升起；当人们整装待发，踏上征程的时候，未来已在旅途上迎接；当人们经历千辛万苦，克服千难万险，终于功业达成、实现人生理想的时候，未来就真的来临了。

友谊，本来是人与人之间最珍贵的情感，是心灵和心灵之间的七彩虹。

友谊姓什么

友谊，本来是人与人之间最珍贵的情感，是心灵和心灵之间的七彩虹，可是，在现实生活中，在物欲横流的市井之中，友谊也变得飘忽不定、幻化多端，出现了各式各样的属性和变异。那么，友谊究竟姓什么呢？

在童真的乐园里，友谊姓天真。一件玩具、一个微笑，勾起的是身心的交融、彼此的愉悦，天真烂漫，一尘不染。

在少年的心坎上，友谊姓阳光。碧绿的心园，潺潺的思绪，期待着阳光雨露，期待着友谊的照耀。

在青春的视线上，友谊姓彩虹。成长的烦恼，孤寂的情怀，心灵天空少不了彩虹的装点，青春的记忆缀满友谊的色彩。

在中年的风雨里，友谊姓雨披。只有用得着的时候才想起，平时则被放置起来。庸常的生活里、烦乱的心绪中，友谊二字是海上的帆影、水底的明月。

在老年的回眸里，友谊姓文物。尽管知道了友谊的珍贵，但被收藏的少之又少，大多早已散失在人生的旅程中。

　　在商场上，友谊姓金钱；在战场上，友谊姓血与火；在情场上，友谊姓自私和排斥；在异性之间，友谊姓惦念或欲望……友谊究竟姓什么，估计谁也说不清。

心就是整个世界，心就是茫茫宇宙，心就是一切的一切。

内心独白

一

心路漫漫复漫漫。所有的路都有尽头，只有心路无尽头。常言说：比山大的是海，比海大的是天，比天大的是人心。但又有谁，回到内心深处，检视自己的灵魂？

二

谁，失足于自己的心坎，摔成内伤，一蹶不振？谁，迷失于自己的心路，再也找不到回家的路？谁，目睹尘世、耳听天籁，肩挑人生的沉重，独步于陡峭的心坎，不断超越自我，心血凝成灵魂的伟岸……

无限风光在心峰。

三

任何都市都没心都繁华，任何古堡都没心堡神秘，任何海洋都没心海浩瀚，任何绝壁都没心崖陡峭，任何园林都没心园奇妙……

梦是心园飞出的彩蝶，理想是心园高挂的旗帜，情愫是心园出墙的红杏。微笑是心灵的舞蹈，哭泣是心潮的飞溅，激动是心头的战栗……

四

心是宫殿，心是金字塔，心是开发区，心是处女地，心是原始森林，心是茵茵苗圃，心是冰山，心是温泉，心是安乐窝，心是决斗场，心是世界的缩影，心是宇宙的集成……

心就是整个世界，心就是茫茫宇宙，心就是一切的一切。

牵挂让岁月变得漫长而寂苦，牵挂让世界变得温馨而亲切。

牵　挂

万物牵挂着地球，星月牵挂着太阳。飞鸟牵挂着丛林，行云牵挂着海洋。父母牵挂着儿女，游子牵挂着故乡。小伙子牵挂着女友，姑娘们牵挂着情郎。祈祷者牵挂着愿望，追寻者牵挂着梦想……

有了牵挂，才有这风来雨去、天圆地方；有了牵挂，才有这亲朋好友、儿女情长！牵挂是一种幸福，也是一种悲伤。牵挂是一种无奈，还是一种向往。牵挂是一种心灵磨难，又是一种精神食粮。

牵挂是人们最普遍、最绵长、最深刻、最强烈的情感，是人们剪不断、理还乱、无法割舍、无以了却的仄仄惦念、切切期盼。

没有牵挂就没有神女峰，没有牵挂就没有望儿崖……没有牵挂就没有杜甫的《闻官军收河南河北》，就没有李白的《寄东鲁二稚子》，就没有弘一法师的"今宵别梦寒"，就没有王维的"每逢佳节倍思亲"，就没有孟郊的《游子吟》，就没有陆游的

《钗头凤》，更没有他的《示儿》……没有牵挂，就没有海外的"唐人街"，就没有异域的"同乡会"……没有牵挂，甚至就没有刹庵道观，没有青衣孤灯、暮鼓晨钟，也就用不着打坐面壁、喃喃诵经……

物理中有个定律叫"万有引力"，社会科学、现实生活中有种情感叫"牵挂"。物质因相互吸引而相辅相成，生命因情有所牵而坚韧，缘分因心有灵犀而缠绵。

牵挂让岁月变得漫长而寂苦，牵挂让世界变得温馨而亲切。

在以国富民安为主旋律的伟大进程中，你追我赶地改善生存质量，促进社会发展。

做钟点工的大学生

每个星期六的下午，我都能见到他。我从洪家楼坐 11 路公交车陪儿子到少年宫去上兴趣班，然后趁儿子上课的三个小时，再徒步赶往不远处的省图书馆，去阅览报刊。这个路线、这个时间以及所从事的事务，正好与他不谋而合。

开始的时候，我俩为这种巧合点头致意，再后来发展成一种心有灵犀的默契。在洪家楼车站，不管谁先到，总是等对方到来后才一起上车；在从少年宫去往图书馆的路上，也不再独来独往，而是结伴同行了。通过交谈我了解到，他是一个做钟点工的大学生，带的那个小女孩是一家私营业主的孩子。他趁星期天的课余时间，为这个小女孩补习功课、辅导外语，并带她到少年宫学习美术。在这两天时间里，他基本上就是这个小女孩的全天候保姆，为整天忙于餐饮业的孩子家长解决了一部分后顾之忧。因此，他每月可拿到几百元的工钱，还可以免费吃上四至六顿对他来说大饱口福的自助餐。他特别羡慕小女孩父母的业绩和财富，希望有一天自己也能当上"富得流油"的私营老板，而小女孩的父母则异常赞赏他这种有知识有学历的大学生，盼望自己的女儿长大后不要重蹈他们的覆辙，能成为一名大学生、留学生，成为艺术家、科学家，能在更体面的人生风景线上有所作为……或许，这就是所谓的视角、心态和人性。

这个大学生在课余时间走出校门，既有所收入补贴学业，又深入生活增长见识的明智做法，以及他和那位餐饮老板的不同心态，引发我多方面的感受和思考。

在这个注重经济发展的时代，人际关系正以一种崭新的格局分化和组合着。这样似乎没有什么不好，也正因如此，每个人都在各自心头掂量着自我、寻求着突破。

在这样一个充满竞争、讲究效益、崇尚个性的现实环境里，每个人都有难以避免的压力和动力，每个人都有具体的难处和欲望，每个人也都有机会发展自己、回报社会。

在这样一个新型的社会大家庭里，每个人都有所需、有所求，同时又无所不在地相互作用、相互支撑、相互依存、相互影响，在以国富民安为主旋律的伟大进程中，你追我赶地改善生存质量，促进社会发展。

生命尽管很脆弱，也很卑微。可是，一旦与世界，与社会，与种种美好的心愿、憧憬和感念联系在一起，便有了大山的威严、劲松的苍翠，有了山花的烂漫、风雨的绵长，有了日月星辰的光晕和天籁般的绝唱。

生命的绝唱

我编《晨帆诗报》时，常收到一位名叫赵露的作者的来稿。她的通讯地址在沂蒙山区的腹地，据她信中、诗中的描述，她所在的村庄坐落于一座大山的半山腰，风景特别优美，但又不无浓浓的苍凉。她在诗中写道："放牧于云外的山冈/谁迷失成满目哀伤的羔羊……""谁家的小丫哪家的姑娘/不分白昼不分朝代地/遗世孤仃于松涛阵阵的山冈/多少次多少次/梦想当一回新月的伴娘……雨后的山溪风中的歌吟/总是协奏出生命的绝唱。"

在我主编诗报的前两年，编发过她的十几首诗歌作品。当初也曾收到过她措辞委婉却洋溢着热情的感谢信，我甚至一度"想入非非"，想一睹这位才华横溢而情怀幽婉的女作者的芳容。有一次，我以编辑部的名义给她写了一封信，索要她的玉照，以便在诗报中配发，她很快就寄来了——那是一幅全身像。雪白的短衫、墨黑的短裙，衬托着她苗条生动的身段，长长的秀发拢成一束自右肩垂到胸前，与她白嫩的脸庞相映生辉；她明目微含、皓齿稍露，懒洋洋的神情里流露着天真的格调，浮动着高雅的气质。她的身后是一株浓绿茂盛的塔松，塔松的背景是一抹微云悠悠的长天，真是美妙绝伦。我把那张照片交给有关人员编印后马上索回，放在我办公室的抽屉里，不时就拉开抽屉拿出来欣赏一番，心底云集着说不清的思绪和想法。终于有一天我沉不住气了，又以编辑部的名义给她寄去一封邀请函，邀请她到编辑部来做客，理由是准备给她举办作品讨论会。可是，在她随后寄来的稿件和信函里，却只字未提我那封信的事儿，像是从来就没那回事一样。我心里就有些发毛，考虑她可能看出了我的"不良用心"（我那时还真的没有女朋友），以沉默来表示对我的拒绝。再后来，竟然收不到她的稿件了。我为此苦恼懊悔了好一阵子。

终于等来市作协举办的一个短期的青年作者研讨会，我便竭力推荐她来参加，并把她原来的地址抄写给有关举办人员，让他们给她下通知。心想，这次准能见到她了。谁知，在研讨会召开的当天，代表她"报到"的竟然是一封她妹妹代写的信件——她在两年前就离开了人世……

在一个夏日的午后，我终于登上那个"熟悉"的山梁，来到赵露曾经生活过的那个山村。见到她的家人，了解到她的一些基本情况后，我坐在她家院里的石凳上久久不能释怀，心情山一样沉重、泪水泉一样流淌。在岁月深处、人海深处、大山深处，竟然有这么一个有理想、有志向又非常清秀漂亮的女孩转瞬即逝，留下一颗青涩而美好的心灵在天地旷世寂寞着，眷恋着。

原来，赵露的名字叫赵路，是她上小学时一位老师帮她起的，意思是希望从小就聪明伶俐、出落俊秀且酷爱唱歌的她，能从大山深处走出一条别样的人生之路、事业之路。赵路没有辜负老师和家人的期望，初中毕业后作为全村第一个中专生走进了一所艺校的大门。谁知，天有不测风云，人有旦夕祸福，在一次歌咏比赛中，眼看就要拿大奖的她，在登台演唱最后一首自选歌曲《谁不说俺家乡好》时，忽然失声。后经多方治疗，不但没能恢复，反而查出她患上了喉癌。

返回家乡、返回那个山梁的赵路，终于明白了自己的病情和处境，可她不甘心就这样无声无息地、默默地告别她深爱着的人生和世界。于是，某个深夜，她心底的歌吟悄然化作一行行隽永的诗句。于是，我的案头便多了一封封署名赵露的稿件……"路"与"露"之间隐含着一个无助少女的几多心酸、几多无奈、几多哀怨！

而更令人感动和揪心的是，我在两年间陆续收到的她的诗稿和信件，只有前半年是她在生前亲手寄出的，后来的那些，全是她预先写好（只有日期是后来加上的），委托家人一一寄出的。她最后的几册日记本上密密麻麻地写着她在临终前给自己家人、给这个世界的切切话语（无情的病魔居然剥夺了她说话的权利）："一个小报，发表作品的数量是非常有限的，一定要等到上一封的稿件发表出来之后，再寄下一封的，千万不要让编辑为难……""我欠家庭、欠学校、欠社会的东西实在是太多了……我死后，一定要把我的骨灰葬在村后山冈上的松树下，以便'力所能及'地为家乡、为人间增加些许绿色……再就是，那些吸收了我骨灰的松树们，将在风中、雨中以另一种声音、另一种方式为我吟唱，为这个美好的世界吟唱！"

当我跟着她的妹妹走近那几棵"不同凡响"的松树时，山上的风尽管很小，但我还是透过葳蕤的枝叶听到了她的"另一种吟唱"。我在松下的岩石上呆呆地坐到日落西山，尽管没见下雨，天上连一片云彩也没有，可我还是滑落到情感和思绪的泥泞中——那是我心中的泪痕。

生命尽管很脆弱，也很卑微。可是，一旦与世界，与社会，与种种美好的心愿、憧憬和感念联系在一起，便有了大山的威严、劲松的苍翠，有了山花的烂漫、风雨的绵长，有了日月星辰的光晕和天籁般的绝唱。

童心万岁

第三辑

我忽然觉着孩子们就是救世主，他们的言行和想法、他们那颗水晶一样纯真的心，不仅仅是大自然的幸运，也足以敲响成人世界的警钟，成为人类的荣耀。

童心万岁

夏天的一个午后，我领着五岁的小侄女芳芳在村头的河岸上玩耍。她看到一株非常漂亮的野花，就蹦蹦跳跳地跑过去，看了又看，还俯身闻了闻。陶醉、沉迷了一阵后，她用一种特别轻柔、特别清脆的声调说："这是什么花呀？真美！真香呀！"

我跟过去，一边说这是野蔷薇，有刺、别碰，一边自己动手去折，准备为她摘一朵戴在头上。就在我刚掐住花枝时，她忽然惊叫起来："叔叔，叔叔，别动，别动，不能掐的，不能掐这么好看的花！"

我心头一惊，马上缩回了手，解释道："我是为你掐的，插在你的发髻上，会非常漂亮的……"

"不要不要，"芳芳努着小嘴说，"它正长得好好的，为什么掐它呀？掐下来它会很快干死的，戴在头上也不好看了……"

她顿了顿，看看我，又看看花，像是心有余悸地接着说："让它们开在枝上吧，我可以天天来看的，我喜欢这些花。"

看得出，芳芳非常反对我鲁莽的掐花行为，就像她自己差点受到伤害似的。看着天真烂漫的孩子，看着那一簇簇淡紫粉红的小花，我沉思了良久——自责，后悔，还有一种深深的感动。

接下来的玩耍中，我便着意去观察去欣赏童心的微妙和可爱。试图在自己早已失却的童心里，追寻一些人生的课题和答案。

我先领芳芳来到小河边，在浅水里捧住几只小蝌蚪，并用一片荷叶盛点水裹起来，对她说："带回家去，放在空罐头瓶里养着，可好玩了。"

正在一旁观看蜻蜓的芳芳听到我的话，回过神来，非常坚定地摇了摇头，看着我的眼睛，"语重心长"地说："叔叔呀，咱不逮它们行不？它们还这么小，能离开爸爸妈妈吗？能离开这又宽又长的河流吗？放到罐头瓶里，它们怎么长大呀，就是长大了，还不得闷死呀……你听，它们的妈妈正呱呱呱地唤它们呢！"

我赶紧把蝌蚪们放归在河水里……

后来，我又指着一棵槐树上的斑鸠窝说："芳芳，我给你捉两只小斑鸠吧，可以养着，也可以炖着吃，比鸡肉好吃多了。"

芳芳咧嘴笑了，然后说："叔叔怎么像个馋猫似的，就知道吃！"她看我不服气的样子，又接着说："我在电视上看过，鸟类是人类的朋友，不能随便捉、随便吃的……"

我把芳芳高高地抱起来，一边转圈一边对她说："听你的，好孩子！让大自然的一切永远属于大自然吧！"

芳芳舒心地笑着，笑得甜美而自信。

我忽然觉着孩子们就是救世主，他们的言行和想法、他们那颗水晶一样纯真的心，不仅仅是大自然的幸运，也足以敲响成人世界的警钟，成为人类的荣耀。

无言的母爱就像天上的北斗星，静静地永恒地守护着我的
每一个长夜和长梦。

无言的母爱

　　我是母亲最小的孩子，我有一个姐姐和两个哥哥。我七八
岁的时候才断奶，上小学一年级了，在短暂的下课休息时间还
经常急匆匆地跑回家，抱着母亲的乳房干吮一阵。母亲搂我到
十三岁时才与我分床，那时我已经上初一了。可以说，我是母
亲最亲近最眷顾的宠儿。可是，回想起来，在母亲的有生之年，
在她陪伴我走过的三十多年的岁月里，她给我说过的话却是少
之又少。以至于如今的我竟记不清母亲的只言片语，只特别清
晰地牢记着母亲的深邃目光。

　　母亲并不是寡言少语的人，性格也不内向。大半个村子，
一有迎娶待嫁的，总是请她去参谋去帮忙。全村的大娘婶嫂们
几乎都到过我家，找她说话谈心讨论事儿。可是，家中没有外
人时，母亲却经常沉默着，既不与我父亲搭话，也不给儿女们
言语。就连吃饭，她也是几十年如一日地与我们几个分开吃。
她把饭菜做好盛好后，总是远离我们的饭桌，为自己盛一点剩

菜剩汤，走向那把新式的靠椅，坐到那张老式的八仙桌的左边，不声不响地吃着喝着。在我出生之前，母亲就开始抽烟，说是用香烟治疗她的胃病时染上了烟瘾。在我刚刚记事的时候，她又开始饮酒，说是惦记她那在边境线上从军的女儿，以酒浇愁。我慈祥、善良而聪慧的母亲，竟成了个整天抽闷烟、喝闷酒的母亲。后来我长大了，懂事了，意识到母亲在家中的沉默似乎源于生活压力。

母亲出生在一个地主兼手工业者兼中医世家的家庭，在她出生和成长的时候，家里有几百亩土地，有一个生产刀剪的炉坊，产品远销京沪，家里雇用着十几个长工短工，她的爷爷还是远近闻名的老中医。我父亲当时的条件与她门当户对，除拥有的土地与她家差不多外，还跑着运粮船，开着非常有名气的饮食店。我父亲是个沉默寡言的人，不仅与世无争，还特别懒散，用奶奶的话说就是"油瓶倒了也不扶"。再后来，父亲成了一名虔诚的基督教徒，一门心思系在教义上，与别人谈心交流的兴致就更少了，家常更成了他的身外之物。难道，母亲对自己的婚姻和生活现状有太多的幽怨，才变得如此沉默、如此迷恋烟酒？

母亲的少言寡语致使家中常常是冷清和寂静的，在我印象里，母亲总是那么静静地坐着，静静地思索着什么。记不清多少个深夜，我从梦中醒来时，母亲还坐在被窝里数星望月，一任指间的烟火明明灭灭。

在家中，母亲不仅少言寡语，也绝少发脾气。在我的记忆里，母亲从来没有责怪过我，更没打骂过我。就是我调皮捣蛋做了错事，母亲也从来不吼我，装着看不见而放任自流。我有时甚至不理解，母亲咋就这么沉得住气，这么冷静？

在玩耍的过程中，我的手划破了，她不问原因，也不叮嘱什么，赶紧找药面和干净的布条给我包扎；在放学的路上，我的头磕破了，她仍旧不问原因，也不责备，只忙着为我包扎……

更难忘的是，无论是在家中还是在街上，任凭我怎样作弄，怎么祸害，母亲从来不管不问，更别说呵斥了。可是，每当我偶尔转过头、回过身来，她总是凝视着我。

在她默默的注视里，我渐渐长大了，上学之后，总是考满分。每当我自己或老师同学们向她称赞我的成绩时，她总是淡淡地一笑，静静地看看我，一句夸奖和表扬的话也没有。

后来，我到外地去上学了，她什么也不说，只是把一瓶瓶的肉丁咸菜或芝麻盐提前放在我的背包里。

再后来，我留在了城里。我每次回家再回城时，她总是默默无语地送了又送，一直送到村外的小石桥上。当我走上离村庄一公里之外的洣水河大桥时，回头望去，她仍是静静地石雕一样地靠在小石桥的石栏上，朝我离去的方向翘望目送，不分春夏和秋冬。

当我在更远的城市里上作家班时，我的一首长诗在《绿风》诗刊上发了个头条，封二上还刊登了我的照片，我高兴之余给母亲寄了一本。可是，过了半年，当我回到家，问她收到刊物没有时，她轻描淡写地就说了半句话："收到了……"

当我在城里有了家室、需要她照看孙子时，她二话没说就来了，一看就是六七年。可是，在那六七年的团聚中，记忆的长河里我怎么也打捞不起她老人家的一句话。只是永远难忘，在孩子上了学，她离城返乡时眼角的盈盈泪珠。

当秋霜也将袭上我的鬓角时，母亲终于老了，走完了她七十八年的人生旅程。我星夜赶回家时，她老人家已咽气多时了，居然没等我，留给我永恒的沉默。我呼天抢地抱怨她老人家的冷漠和无情时，家人从她的枕头下边翻出了我在多年前寄给她的那本刊物……

为母亲守灵的深夜，一幕幕往事再次浮现在我的脑海。

那是我刚上初一的时候，一个特别寒冷的冬夜，我从梦中醒来，不知道是深夜几点了，也不知道暖水瓶里没开水了，更不知道外面下着大雪。我迷迷糊糊地感到口干，就梦呓一样地咕哝了一句"渴了"，然后又沉沉地睡去。不知过了多长时间，母亲把我摇醒了，桌子上也点上了油灯，我看到母亲正端着一碗冒热气的开水站到床边……直到第二天清晨，我起来去上学时，看到院子里的积雪上有母亲去厨房的脚印，以及她滑倒摔在地上的痕迹，才知道深夜里我喝的那碗热水是她悄悄起床现烧的……

最令我难忘和心酸的，是母亲的那只玉镯，那是件我姥姥传给她的羊脂玉器。我感觉到那只玉镯的珍贵，是我刚上小学的时候。那时，村里一个经常收购文物的邻居，多次来我家想买母亲的那只玉镯，最后把价格提高到上万元，我母亲仍是舍不得卖，一次次地回绝他。其实，那个时候，我家里正非常拮据，三年里就盖了两套新房，娶了两个嫂嫂。可是，十几年后，当我考上大学而缺学费时，她把那只手镯主动卖给了那个收购文物的邻居。当时的情景仍历历在目。接到录取通知书的当夜，父亲说到信用社贷笔款吧，哥哥说几家凑合凑合，再找亲友借些也行。就在他们商讨究竟采用哪种方式筹措我的学费时，母亲悄无声息地出去了。不大一会儿，她就带着一沓厚厚的钞票回到家里。我一眼就发现，她左腕上的玉镯不见了……

我凝望着母亲的遗像，深信她老人家的在天之灵也在凝望着我。无言的母爱就像天上的北斗星，静静地永恒地守护着我的每一个长夜和长梦。

孩子的思维和心灵，就像大海一样深不可测！

海为什么是蓝的

带儿子去青岛旅游，在栈桥上，儿子忽然问我："大海为什么是蓝的？"

"因为天是蓝的，大海就是蓝的呗。"我对刚上小学的儿子敷衍道。

"大明湖为什么是绿的呢？"儿子不解地问。

"因为大明湖的胸怀太小，放不下一角蓝天。"我又搪塞道。

"嘿嘿，"儿子笑了笑，接着说，"我怀疑天也是大海，满天的星星是人们打渔的渔火。"

"那太阳和月亮又是什么呢？"我终于抓住反击的机会。

"月亮是地海的龙珠，太阳是天海的龙珠。"儿子张口就来。

就在我严肃认真地叮嘱孩子要尊重科学，多学一些天文、地理知识时，儿子忽然说："你知道鱼为什么不会飞，而海鸥却会飞的原因吗？"

在我吞吞吐吐之际，儿子自问自答到："海鸥原来也和鱼一样，沉在水底，因为海鸥敢于想象，就渐渐长出了翅膀！"

爱人看我有些尴尬，说不过儿子，就插话说："大海既然占地球的十分之六还多，为什么看上去是平的呢？"她一边说一边用双手比画着地球的圆形。

"因为你的目光有限呗！"儿子马上接上话茬。

孩子又滔滔不绝地与他妈妈理论了一番。

惊喜又有些惊愕的爱人小声对我说："领教了吧，孩子的思维和心灵，就像大海一样深不可测！早该领他出来转转、看看大海的……孩子的成长，不能囿于家庭和校园。"

一个人把自己的嗜好和职业联系起来，无疑是一种人生的大幸，那种寓乐于劳的生存状态，其实就是享乐逍遥的境界，而且容易出效果，出成绩。

享受生活

春暖花开的时节，我在济南东部的白云湖风景区遇到一位养鱼专业户。他积极乐观的人生态度，描绘时光、享受生活的方式，让我的心为之一动。

这位名叫李书枕的中年男子，性格随和，笑容可掬，热情好客。尽管我俩是初次见面，相逢之后，马上就像老熟人了。接下来，就是盅来杯往、谈笑风生。

我是为收集一枚古钱币来到这片泽乡湖区的。当我走向李先生的鱼塘时，远远地就看到细长的鱼竿、斜放的竹椅和竹椅上怡然自得的李先生。我打趣说："你是既养鱼又钓鱼啊，让鱼感激你还是憎恨你呢?"

李先生哈哈地笑了，他也风趣地说："我是在为鱼儿们上课!"然后，他又解释说："我钓上来的鱼，有百分之九十九又立即放归鱼塘了，这些上过钩的鱼儿就不会再上别人的当了……我赚个乐趣，还为它们提供了教训。"

　　说笑之后，我把话题扯到我的来意上。经过一番实打实的交谈，李先生终于打消了疑虑，从里间屋抱出了他的钱罐子——不久前开新塘时，他刚从地下挖出来的瓷罐和满满一罐铜钱。看到釉里红的双鼻瓷罐，我一眼就看出那果真是一件元朝的器物（先前有朋友告诉我李先生手里可能有元朝的整套古钱），就告诉李先生，整罐的钱币也许还没这瓷罐的价值高，我就寻找一枚元世祖时期的篆楷成对的至元通宝钱，想见见实物，到手不到手并不重要，而且其他的钱币再好再珍贵，我也不要。

　　李先生颇有感触地说："看来你是真的为爱好、为学习而来的，不像有些人一来就是为了钱，一心钻到钱眼儿里，有的得手后，可能还贩卖和走私，我就是不给他们，看也不让他们看……"李先生一边往外倒钱（看有没有我要的那枚铜钱）一边说："只要能找到，那枚古钱就送给你了，我一分钱也不收。我现在既不缺钱也不缺物。缺的就是能谈得来的朋友，你如果乐意，我们就交个朋友吧，你可以随时来挑钱，也可以随时来垂钓。高兴了，哥们儿就拉两句、喝两盅，一起享受享受生活……"

　　说起享受生活，李先生打开了话匣子，他说他农校毕业后，先在镇农技站干站长，后又当选副镇长，就在离镇长的位置越来越近时，他果断辞职，承包了这片鱼塘。他一边养鱼一边摸索和积累鱼类养殖的专业知识，在专业杂志上发表了多篇知识性、探索性的文章。他说这才是他应该做的，既发挥了自己的专业特长，赚鼓了自己的腰包，又能更多更实际地为国家做点贡献。他说自己由一个拿工资的人，转化成一个纳税人，感觉特爽，当然也更自由、更自在了……

他的看鱼房里，不仅有电视、电脑、电话，能随时上网，还有卡拉OK等设施。另外还有笛子、二胡等娱乐器具，门外还挂着鸟笼和鸽子窝。

他说，一个人把自己的嗜好和职业联系起来，无疑是一种人生的大幸，那种寓乐于劳的生存状态，其实就是享乐逍遥的境界，而且容易出效果，出成绩。

那一刻，我似乎一下子长大了许多，领悟到长辈们之所以"爱吃"菜汤、剩馍、鸡头的片片苦心！

菜汤·剩馍·鸡头

在我刚记事的时候，家里很穷，连蔬菜都很少能吃上。院里一口大缸腌满了胡萝卜、青萝卜以及黄瓜把、小野瓜什么的，成了我家一年四季的主要菜肴。吃上一顿蔬菜，就算改善一次生活。每当有蔬菜时，母亲总是劝说着、催促着让我多吃，恐怕她的孩子吃不足似的。后来，随着年龄的增长，我终于发现——母亲怎么不吃菜？怎么光蘸菜汤呢？当我似乎有所觉悟地要求她和我一起吃菜时，她满脸笑容地对我说："娘从小就不爱吃菜，就喜欢吃菜汤。"

再后来，我还发现一个情况——父亲总是捡剩馍吃。有几次，我递给父亲热气腾腾的新馍，他总是满脸笑容地说："大人就爱吃剩馍，剩馍筋道有嚼头。"

那时，只有到了年关，我家才能吃上一两顿鱼和肉。鱼是父亲在夏天的坑塘里捉的，用盐腌了放到过年的时候再吃；鸡是母亲在春天时特意买的公鸡，喂到年底再杀。就是这个时候，鱼和肉也基本上没有父亲母亲的份儿，全让我和奶奶包了。并且，奶奶只吃鸡头。我分明看到母亲把鸡肉盛到奶奶的碗里，并小声劝说着什么。可是，奶奶总是那句话："我从来不吃鸡肉的，鸡头上的肉不腻，吃点儿还行。"就这样，奶奶碗里的那几块鸡肉还会原封不动地拨到我的小碗里来。有一次，为了几块鸡肉，奶奶竟和我母亲吵了起来，她老人家气愤地嚷道："人家不吃就是不吃！你能怎么着？"

记得我当时还有些生母亲的气呢——奶奶不爱吃鸡肉为啥要勉强她呢？我还不爱吃咸菜疙瘩哩。

我完全明白过来这一切，是在奶奶因病卧床不起且双目失明之后。有一天，姑姑来看病中的奶奶，买来两只烧鸡（一只是给我的）。当我在另一间屋子里刚吃了两口，忽然想起奶奶爱吃鸡头来，便拧下鸡头给奶奶送去。当我走到奶奶居室的窗前时，听到我母亲和姑姑正一起劝说着奶奶："您快点吃吧，有他的，买来两只。大夏天的，又不能放，他一个小孩子，那一只他也吃不了……"我听到这里，赶紧跑到奶奶床前，对奶奶说："您吃吧，我有，你摸摸这个鸡头……"奶奶真的伸手摸了摸我手里的鸡头，然后就大口大口地吃起那些已经撕好的鸡肉来，没想到她老人家一气儿吃了大半个烧鸡。母亲看我手里仍握着个鸡头，就对我姑姑说："你看到了吧？这是来给他奶奶送鸡头的，平时咱娘不舍得吃鸡肉，全省给他吃了，小孩子就当真了，以为咱娘真的不爱吃鸡肉呢……"说着说着，我母亲就流下了眼泪，姑姑和奶奶也都默默地流起泪来。

那一刻，我似乎一下子长大了许多，领悟到长辈们之所以"爱吃"菜汤、剩馍、鸡头的片片苦心！

从那时起，我对盲人、对光明就有了更加深刻的认识和理解。

盲人点灯

常言说：瞎子点灯白费蜡。我却一直认为这句话过于偏颇甚至是有谬误的，我自有我的理由和依据——我二爷爷在我记事的时候就双目失明了，成了地地道道的盲人。可是，每当我在晚上一走进他独居的小屋缠着他拉呱时，他总是先点上一根蜡烛，然后再绘声绘色地讲他那永远也讲不完的各种故事。

刚开始的时候，我对他老人家说："您又看不见，点蜡干什么？再说了，我是听您讲故事，又不是看故事。"

他就和蔼地笑笑说："我讲故事全凭表情和手势，光靠说是不行的……"

待我回到自己的房间，向母亲说起二爷爷讲故事得点蜡的事来，母亲不无感触地说："那是他担心你们小孩子害怕，老人家心细着哪！"

我对二爷爷，甚至是对所有的盲人，就有了一种新的认识——他们看不见，却用心照顾着别人。后来，我就把母亲给我的零花钱全都买了蜡烛和火柴，每晚去听二爷爷讲故事时，就自己带上一根，并主动点上。当那根蜡烛燃尽时，我也该回去睡觉了。

后来，我上初中住校了，只有星期六的晚上才去听二爷爷讲一次章回体小说似的故事。可我听母亲说，二爷爷像是上了讲故事的瘾，我不在家时，他老人家总爱趁晚上村民们空闲时，到有人围坐的街头讲上一段陈年故代、离奇曲折的故事。深夜回家的时候，他老人家还总是拿着一盒火柴，听到有人说话或听到别人的脚步声，就划着一根火柴，高高地举着——既给别人照路，也提醒人们别撞着他。

再后来，我为二爷爷买了一只小型号的手电筒，并告诉他："晚上您出去时，就一直让它亮着，别人既不会撞着您，在走近危险的地方时，人们还可以及时地喊住您，或过来领着您。"他老人家就笑了，以讲故事的口吻说："三儿（我的乳名）长大了，心里亮堂着哪！"

我到城里上学后，村也安装了电灯。那时，二爷爷已卧床不起了，家人们还是为他老人家安装了全家最亮的灯泡，并按他的要求把拉线扯到他的床头上。听有人进屋，他老人家就拉灯……而最让我感慨和不能忘怀的是，在他老人家咽下最后一口气时，手里还紧紧地握着我给他买的那只小手电筒。

从那时起，我对盲人、对光明就有了更加深刻的认识和理解。

女儿今年九岁了，学习成绩越来越好，她妈妈却说她越来越傻了。

傻孩子

女儿今年九岁了，学习成绩越来越好，她妈妈却说她越来越傻了。

当然，这种说法是有原因的。

今年夏天，她妈妈耍了个小心眼，将自家的水龙头不拧太紧，下面放个大盆，让水缓缓地滴着又不跑水表。谁知，让女儿看到了，她不仅毫不犹豫地把水龙头关紧，还警告她妈妈不要做损公济私的事儿。

还有一次，她跟妈妈到商场买东西，在付款的时候，营业员因疏忽多找了两元钱。心直口快的女儿连声说："错了，错了，多找钱了。"并当场把两元的硬币退给那个营业员。谁知，那个营业员伤了自尊心，不仅没向女儿致谢，还气愤地转过身去。事后，她妈妈又特别"聪明"、特别有"经验"地把她说了一顿。

而刚刚发生的两件事，就更让她妈妈生气和尴尬了。

国庆节期间，我们全家三人到北京旅游时，爱人给女儿买了张儿童票（半价票）。谁知，在出站时，兴奋的蹦蹦跳跳的女儿让值班人员给叫住了——让她量身高。本来，女儿只要稍微缩缩身子，是能够顺利过关的。谁知，我那性情豪放的女儿竟然扬眉吐气，不顾一切地往那刻度杆前挺胸一站，结果是又补了张半价票……

无独有偶，在去一家公园游玩时，爱人看到有许多少年儿童为逃票，从一处有些损坏的护栏下钻进去，就动员女儿效仿一下，省点儿钱。谁知，女儿羞红着脸说："我才不钻呢，要钻你钻，我和爸爸从正门里进去。"

因此，爱人不无失意地悄悄对我说："看到了吧，这孩子越来越傻了……"

女生窗外的涩柿子

第四辑

到校的第一天，我们男生斜过去的目光，除了关注那些漂亮的女同学外，就是眼馋那满枝满丫的红彤彤的山楂和黄澄澄的柿子了。

女生窗外的涩柿子

学校建在半山腰，像一处景色迷人的园林，又似一个天然的植物园。前面（或说下面）两排楼是教室，后面（或说上面）两排楼是学生宿舍。两排宿舍楼四周的花草树木更加密集，环境十分幽雅。左边那排是男生宿舍，右边那排是女生宿舍。

奇怪的是，男生宿舍四周全是桃树和杏树，在我们入学时，枝丫上光剩下稀疏发黄的叶片了，而女生宿舍四周全是山楂和柿子树。到校的第一天，我们男生斜过去的目光，除了关注那些漂亮的女同学外，就是眼馋那满枝满丫的红彤彤的山楂和黄澄澄的柿子了。

没过几天，同学们之间就比较熟了。我的邻位是个小巧玲珑、清秀活泼的女同学，在一节自习课上，我终于憋不住攒了几天的诱惑，悄悄地问她："山楂、柿子好吃吗？"

"不知道，俺又没尝。"她一边说一边轻轻地摇着头。

"窗外满满的，伸手就摘，你怎能不尝呢？"我分明以一种不相信的口吻。

"谁知学校里让吃不让吃？被人逮着多不好看。"她说着脸就红了起来。

"你不会晚上摘？"我小声开导她。

"晚上同学们都在，谁好意思？"她的脸更红了。

"不会和她们一块儿摘么？"我说着说着也笑了起来。

"人家都不摘，我才不带那个头呢。"她说着说着忽然转过身，探过身来，声音非常小地对我说，"你要是想吃，怎么不去摘呢？"

"我、我……树不是长、长在你们那边吗？"我一下变得吞吞吐吐起来："我有那个贼心也没那个贼胆啊，偷不成柿子、山楂，再落个别的什么影响，跳到黄河里也洗不清了……这大热的天，我才不敢冒那个险哩。"

她先是一愣，接着咯咯地笑起来，笑得泪都出来了。她摘下眼镜，一边掏手绢一边小声说："你这个人……真是……到了冬天还有么？树上还有柿子、山楂吗？"

这时，脸红的该是我了。她重新戴上眼镜，看着我说："脸红什么？其实也没什么大不了的，反正不吃也得烂了，吃个生瓜梨枣的，哪算得上偷啊。"

她看我闷着头不再说话，就又善解人意地说："这样吧，明天是星期六了，我看寝室里人少时，就想法子给你个暗号，你就爬到我寝室窗外的那棵柿子树上，先摘些柿子解解馋……别忘了，我住的是二楼，从左边数第三个窗口。"

终于盼到第二天，终于看到她窗外的树枝上挂了一条绿色的毛巾。我悄悄地来到她的窗下，很快就爬到了与她的窗台差不多高的枝丫上。她趴在窗台上，手里攥着那条绿毛巾，笑嘻嘻地对我说："大胆摘吧，寝室里就我一个人了，她们都出去了。"我摘下一个黄澄澄的大柿子，向她示意了一下，随手丢给她。不知是因为我太紧张，还是因为树枝摇晃不定，那个大柿子一下抛到窗边的砖墙上，她当然不可能接到，眼看着掉在窗下的地上。她恨恨地说："你咋这么笨呢!"语气里蕴含着只有熟人间才会有的那种亲切感（她的这句话让我念念不忘）。于是，我一边摘着一边往她的窗口靠近，当她的绿毛巾盛不下时，我的裤兜也快盛满了。

就在这时，她的眼睛忽然瞪大了，并用手往外一指。我扭头一看，傻眼了——一位专门管理林木的老校工正从远处的山坡往这边走来。当我回过头来，她已把毛巾和柿子丢到床上，双手紧紧地抓住我脚下的那根树枝，异常冷静地对我说："你扶住上面的树枝，慢慢走过来，钻进窗里。"

我很顺利地进入她的房间，只是兜里的柿子又有两三个掉在窗下的地上。

我刚坐下，她就说："他（指那个老校工）就是看见，也无所谓，他手里提的肯定也是柿子或者山楂。不过，你进来坐坐也不错的，省得再下树了。"

谁知，当她把几个看着已熟透的柿子洗好，我们动口吃时，却双双咧大了嘴巴——柿子涩涩的，涩得发麻。我这才想起来，平时在市场上买到的柿子都是软乎乎的。于是，她又把柿子（包括被咬了一口的两个）全部摆到一个空纸箱里，放到床下边。

星期一上午的课间休息时间，她从随身携带的小包里掏出两个用塑料袋包着的柿子。我接过一个，用手一捏，感到软软的，小声问她："这么快就能吃了？"

"嗯。"她一边示意我趴到桌子上吃，一边小声说："我今天早晨一看，凡是被啃过的、碰过的、摔过的，都熟得快，你摘的第一个，先碰到墙上又掉到地上，也快能吃了呢……"

"那个你也拾回来了？"

"嗯。"

"你挺爱惜东西的。"

"当然啦，那是你摘的第一个柿子，而且是准备送给我的嘛。"她说着说着脸就红了，红得像她手中的柿子。

"哎，对了，哪个是你啃过的？"我从塑料袋里取出柿子时，想起来便问了一句。

"你吃吧，又都没有传染病……"她说着就转过脸去。

就这样，有柿子、山楂吃的季节终于过去了，我便盼望着第二年……三年的学期转眼即逝，当我终于鼓足勇气给她写第一封求爱信时，她在回信中这样写道："我还没熟透呢，一直很青涩，就像那些夏天的柿子。"

愣怔和走神儿本是两个很普通的词语，可是，经同桌的她一解释，这两个词语对我来说便有了特别的意蕴，甚至有一种出神入化的奇妙。

愣怔和走神儿

愣怔和走神儿本是两个很普通的词语，可是，经同桌的她一解释，这两个词语对我来说便有了特别的意蕴，甚至有一种出神入化的奇妙——想到或看到这两个词语，就自然联想到她那有些俏皮的笑脸来。

她的名字叫云，是我高二时的同桌。

从初一开始，我俩就是同班同学。那时，我是学习委员，她是班长，又都是班里的文艺骨干，二人常常有令其他同学羡慕的接触和交往。说起让人羡慕，可是有来头的：云不仅学习成绩优秀，而且是班里甚至是校里公认的漂亮女孩，小小年纪已出落得既袅娜又靓丽，被许多男生称为班花、校花、狐仙、妖精什么的。而我虽说长相一般，学习成绩却是全班的尖子。不仅作文写得好，数理化也门门占先，尤其是数学，从初中到高中的每次考试，我都是满分，被历任老师特批为"免检生"

（不用交作业）。到了初二时，她又被任命为校里的团支部副书记，而我也被推选为校园文学社的社长兼主编。

学习好的优秀生，不等于说就没有其他的"邪念"。说句实话，尽管我那时乳臭未干，更谈不上什么情窦初开，可对云总有一种说不上来的窃思。看着她日益丰满的身姿，听着她银铃般的笑声，想着她闪烁的眼神，回味她娇滴婉转的软语，我就自觉不自觉地陷入一种被称之为愣怔或走神儿的特殊境地。晚上做梦也开始变得怪怪的，比白天胡思乱想的还邪乎，简直是荒唐无比。醒来之后，自责不已、烦躁不安。

云也变得"古怪"起来，有时因为一句话、一个玩笑，甚至是一阵风、一朵云霞，她也会忽然脸红起来，给人一种琢磨不透的感觉。更"过分"的是，作为一班之长的她，竟有几次"无缘无故"地拒绝参加体育活动。有一次我和她一起参加校里举办的春季野外踏青活动，在过一条宽不足十米、深刚及膝部的山涧小河时，她硬说水凉，让一位女同学背她过去。谁知，那位看上去比较结实的女同学背着她在水中刚走了几步，就趔趔趄趄地要滑倒，在"万分危急"的情况下，云和那位女同学不约而同地唤起我的名字，向我发出了求救警报。我三蹿两蹦地冲过去，果断从那位女同学身上接过惊惧不已的云，将她抱过河去，做了回英雄救美人的好事儿。当我说她太娇贵、太小姐脾气时，她红着脸说："你懂个啥？女孩子就是这样……"

文学社成立半年之后，我们筹划着出社刊。为编一份私印的社刊，我与云的接触就更频繁、更名正言顺起来。这时，在我俩的身后，就有不少闲言碎语像雨后的苔藓一样滋生繁衍着。身正不怕影子斜，我根本就不在乎这些，看来云也是一样。不过，有一次，在一个星期天的下午，我在回学校的路上遇到云，我们一边各自骑着自行车赶路，一边说说笑笑的，快到学校时，她忽然对我说："你先回学校吧，我到街上去买点东西。"

我就说："咱一起去呗，我陪你逛逛街。"

"逛什么街？"她的脸猛地一红，甚至泛起愠色。她见我一副不知其所以然的惊讶状，迟疑片刻之后，又小声对我说："你傻么你，看不出来班里的动静，有些同学整天情呀爱呀的，有的还拿咱俩开涮，无中生有的事儿，快让他们给编排演绎成三级片了！"

从那之后，我也就小心留意起来，没事很少和云说话，有时在校园里偶尔遇到她，我也转过身或绕着走开。原以为这样会好些，也给云减少些不应有的压力。谁知，有一天，我刚走进图书馆里深深的"书巷"，云就悄悄地尾随而至，她悄声对我说："你怎么回事你，忽然间反常起来，哪能行呢？没事儿也让别人看出事来了，咱得尽量地保持着和原来差不多才行。"我就心领神会地点点头。

在她如此这般的"开导"和"教诲"下，我接着又犯了回"错"，让她发了回"火"。这是初二临近结束时的一个中午，我从外面回来，刚走进校门，传达室的张大爷就慌慌张张地对我说："快去喊云接电话，她母亲有病住院了。"

我一溜小跑就来到云的宿舍前，在半掩着的房门外，不无焦虑地大声呼喊云的名字。就在我上气不接下气地还没说明白什么事情时，睡眼惺忪的云就从门缝里探出脸来，气愤地打断了我的话："你嚷什么？大热天的，人家都在睡午觉。再说了，女生宿舍也是你随便来的地方吗？你太过分了你！"

后来，我和同学们一起去医院看望云的母亲时，云的眼色流露着她的歉意。可是，待初三开学，云回到校园后，她再也没向我提起过那天的误会，而且很少和我单独说笑了。我弄不清个中因由，再加上初三的功课相对紧张起来，团组织、文学社的活动也基本上停止了，我和云一时像是陌生起来，整天各忙各的，很少有机会说句话。直到初中毕业临分手时，她才满目期冀地对我说："咱要争取上同一所高中，最好是同班同桌……"

后来，经过二人着意而为，我和云真的进了同一所高中，而且分在了同一个班级，只是暂时没能成为同桌。直到高二开学重新排位时，经过我们二人周密的计划，在排队时心中有数，终于如愿以偿。不过，意想不到的纠葛和麻烦接着也就来了——我们毕竟不像四年前刚上初一时那样单纯宁静、个性内敛了，有些心事和感应再也掩饰不住，常常面对面地就流露出来。愣怔和走神儿的话题，就是从我俩同桌之后引发的。

同桌之后的第二天，云让我帮她解一道几何题，我费了九牛二虎之力终于画出辅助线得以求证，并非常认真地向她讲解时，却发现她老是不用心、不往题上看，总是斜瞄着我的眼睛、耳朵或其他地方。我就用胳膊肘顶了她一下，不耐烦地说："喂，别走神儿！"

她吓得一哆嗦，然后为缓冲尴尬又做了个鬼脸，顽皮地笑笑说："没走神儿，是愣怔。"

"走神儿和愣怔有什么区别？"我说着说着也笑了。

"那区别大了。"她努努朱唇，故作神秘地说，"愣怔是比较单纯的思维断电，走神儿是相当复杂的思维连电，这里面的学问大了……"

"你净些怪学问。"我一边抱怨她一边接着向她讲题。不过，被她这么一搅，我心里也微妙地甜蜜地乱腾起来，只是这种乱腾比前些年的初始期更具目标和指向性，隐含着一种心有灵犀的慰藉和幸福感。

到高三开学时，云又提前告诉我："为了咱俩的学业，这最后的冲刺阶段，咱可不能再同桌了……不过，一年之后，咱要争取上同一所高校，最好是同班同桌……"

我随之陷入一种别样的情绪和美好的憧憬，久久不愿说话。云用手狠狠地拧了一下我的胳膊，娇嗔地说："你、你愣怔什么？"

"不、不是愣怔。"我一边躲她伸成钳子状的小手，一边清清楚楚、郑重其事地告诉她："是走神儿！"

"走什么神儿？"她显然是心领神会而忍俊不禁地问。

"我在想……"我学着她曾经的那副故作神秘状："在我们大学毕业时，你将对我说什么？"

"说什么？"她紧追不舍。

"大概是说——"我看着她的反应，察言观色地说，"咱们争取上同一座居民楼，最好是同室同……"

"你臭美的你！"没等我把话模拟完整，她那钳子状的小手又伸过来了。

大凡真挚热烈、惊天动地的爱情故事往往是悲剧。

野葡萄

　　校园后边的山上，树木荆藤荒草间，生长着一种野生的酸葡萄。每到夏秋季节，它就拖出长长的藤，长出密密的叶，开出淡淡的花，然后垂下由绿变黄、由黄变橙、由橙变紫的一嘟噜一嘟噜的葡萄珠。它没有市场上卖的葡萄那么大，一般仅比黄豆大些，比酸枣小些，圆溜溜的酷似黑珍珠；也没有普通葡萄那么酸甜可口，吃起来有一种又酸又涩的特殊味道。

　　高中一年级的时候，我的同位是个女生，她长得小巧玲珑，皮肤略黑，尤其是她那双黑溜溜、水灵灵的眼睛（确实称不上大眼睛），常让我联想到山上的野葡萄。她出生在一个贫困的小山村，为节省在学校里的饮食费用，常从家里带些煎饼、咸菜和地瓜，而这几样恰恰是我特别喜欢吃的东西，我就用米饭换她的煎饼和地瓜，用从食堂打来的菜换她的咸菜。她一上来怎么也不同意和我换，后来知道我确实爱吃那些东西，才勉强答应了。一来二去，我俩便成了无话不谈的好同学。

过了第二年的暑假，重新排位之后，我俩不再是同位了。可是，饭来食往的"传统"却仍旧保持着。一个尽管已是初秋却依然炎热的下午，上完一节数学课后便是自习课了。她忽然小声对我说："听别人讲，后面山上有一种野葡萄挺好吃的，我自己不敢去，你能陪我一起去吗？"

　　于是，我俩悄悄地溜出校门，偷偷地爬上校园后面的小山。

　　小山好像不知道已是秋天似的，仍然草木葱茏、鸟语花香。尤其是那些浓妆艳抹的蝴蝶们，没见过世面似的在我俩身边飞来飞去，有的竟愣愣怔怔地撞到我俩身上脸上，让也是同学的我们自然而然地谈起了梁山伯与祝英台的故事。

　　摘了一些野葡萄后，她拉我坐到一块比较平整的岩石上，掏出一方显然是刚洗过的手帕，一边擦着一边分着吃。就在这时，一只主色调是灰色的大蝴蝶在我俩身边盘旋了一阵，竟缓缓地落在了她的脚尖上。她喜出望外地笑着说："这肯定是只雄性，眼神挺好的，咱长得这么黑，这么粗糙，它也能认出咱是女的，嘻嘻。"

　　于是，我们的话题又回到了梁山伯与祝英台的故事里。她说："故事就是故事，人哪有那么傻的……不过，大凡真挚热烈、惊天动地的爱情故事往往是悲剧，真邪门了……"

　　我忽然觉着她已不再是小孩了，我也成了什么都懂的大人。

　　太阳很快就滑下了山冈。她往我身边靠了靠，试探性地说："我们再坐会吧，我觉着这傍晚的山风爽爽的，这日落后的岩石暖暖的，挺不错的……是吧？"我点点头。她甜甜地笑了。

　　之后，我们沉默了好长时间，她又侧转身，用双手托着下巴，看着我的眼睛，像是自言自语，又像是在问我："都说谈恋爱，究竟什么是恋爱……一男一女能单独在一起，能谈得很开心，就是恋爱吗？"

我看着她闪烁其词的表情，脱口而出："应该是吧。"

谁知，她话锋一转，语气也变得沉沉的："可是，就有些人连谈恋爱的可能都没有，因为长得丑陋，因为家庭贫困，因为不能上学、不能……唉，对了，我后天就回家了……我的家庭实在是供不起我上完高中，就别再说上大学了……"

我一下愣住了——不知该如何安慰她，只是看着她的眼泪像断线的珍珠滴落在依然放在她腿上的野葡萄上……

一个月之后，当我到她家找她时，她的家人告诉我，她到外地打工了；一年之后，当我到她家找她时，她仍没回来……三年之后的又一个暑假，当我终于见到她时，她正坐在院子里给孩子喂奶……我们对视良久，她才不无遗憾、不无哀怨地对我说："我再不能陪你到山上摘野葡萄了……"

我深谙她的一片苦心，遗憾的是，当我终于可以在她面前挥泪长歌、实现诺言时，她却断然消失在我无奈复无奈的千里追寻万里寻觅里。

诗来信往的时光

　　那是一个春暖花开的日子，星期天的中学校园格外宁静。刚上初二的我，独自一人坐在宿舍门外的阳光里遐思畅想，然后在日记本上写一种朦朦胧胧的小诗：你急切地/削着一只苹果/很谨慎/为了浑圆的默契么/一种信任一种赞许/一种柔柔的关切/在你盈盈秀目里重叠闪过/我的灵魂我的情感我的心愿/因此而蓬勃/你千万不要说我太沉静了/我在听自己的心跳声/将周围的千嶂万壁——震破/等着吧会有一天/我在你面前挥泪长歌……

　　不知过了多长时间，就在我准备起身伸伸懒腰时，才看到身后站着个人——正是她，我诗中的偶像。可是，还没等我开口，她就先发制人地说："写的是不错，不过也太那个了……人家上午给你个苹果吃，你下午就抒发出来了。如此下去，谁还敢和你……交、交往?"

我赶忙解释道："我、我这不是在写日记么，又不是拿出去发表……"话虽这么说着，我还是免不了有些紧张，像干了什么见不得人的事似的，不知不觉就冒出这么一句，"对、对不起。"

"你说什么？"她一边说着一边绕到我的面前，两颊有些潮红地说，"俺让你说对不起了？再说你又没做什么对不起人的事儿，不就是因俺写首诗嘛。你写上千首万首，任谁也管不着，要是能发表就更好了，俺看着还高兴哩。傻瓜，刚才俺是和你说着玩呢。"

当我按她的要求，工工整整地把我刚写的小诗抄写在她的日记本上时，她忽然半是羞涩半是缠绵地问我："俺都听见你的心跳声了，等到什么时候，你在我面前挥泪长歌？"

我呆呆地迟疑了好一阵子，才小声说："等到大学毕业……"

"那好吧，一言为定。"她说着就咯咯地笑起来，笑得那般天真、那样出神。

第二天，她还把连夜写成的一首小诗交给我：心思是翩翩燕翅/情愿收拢在你的檐下/只要能呢喃你的孤寂/心思是蜻蜓纱翼/宁肯失去飞翔/只要被你收进诗集……

也许这就是所谓的情窦初开吧，清澈的眼底不见一丝乱云，澄明的心间没有半点邪念。

可是，到了高中，无情的岁月和变故已把我俩分隔两地。随着年龄的增长和年级的增高，我俩接触的机会也越来越少，诗来信往的日子终于凝结在高考前的紧张课程里。记得是高三的下学期，我忽然心血来潮，郑重其事地写了一首诗寄给她：蒙住头仍有声音萦绕耳畔/时而清晰时而紊乱/闭上眼却隔不断/

变幻叠错的视感/远在天边/近在眼前/周转在你的笑靥/像沐入盛满美酒的杯盏/似跌入清幽的深潭/在你眸子里浮漩/这些我多想告诉你/我多想不顾一切地举步你的心坎/你沉默的唇却又像迷宫的门扇/使我像面对藏有稀世珍宝的宫殿/而又心惊胆战不敢冒险……

而她的回信中却只有两句毛主席语录："好好学习，天天向上。"我深谙她的一片苦心，遗憾的是，当我终于可以在她面前挥泪长歌、实现诺言时，她却断然消失在我无奈复无奈的千里追寻万里寻觅里。

她把声音压得更低了："你以后记住了，女人的头发绝对不能碰，更不能随便绾结，人家会赖上你一辈子的……"

绾结的黑发和分叉的白发

一场风雨过后，我推开写字楼的窗户向下看，楼下是一排整齐而茂盛的梧桐树（我在这里工作半年多了，竟然没留意楼下有树），树下正有一位穿短裙的女子把她的折叠伞慢慢收起放进自行车的车筐里。

眼前的一幕，让我想起几年前的一段往事，想起校园生活的某个细节，想起一首有关青春和恋情的朦朦胧胧的小诗："隔着窗玻璃／眼底漫过梧桐的细浪／你静默在楼下的绿荫中／犹如水底美人鱼／纱裙如鱼翅／闪在我的感觉里／你的眼底一定有美丽的浪花／可你一直未仰起脸／我想打开窗子／心却融化了。"当时，也是一场风雨过后，我悄悄写下这首小诗，发表在《青春诗歌》上，当我收到这本杂志的时候，我们即将毕业了，我赶紧把这本杂志送给诗中的那位女同学。

谁知，第二天她就把那本杂志归还于我，而且什么也没说。我翻了几遍那本杂志，也没发现渴望发现的任何东西。于是，我非常失望地把那本杂志封存在我的书刊箱里。毕业之后，我曾经收到过她的来信，鉴于上次赠诗一事，我给她的回信便敷衍起来。再后来，我就收到她结婚的喜帖，并和其他同学一起去喝她的喜酒。她和新郎一起过来敬酒时，我装出一副很高兴的样子，基本上没正视她的眼睛。后来，我喝得醉醺醺的前去和她告别时，她握着我的手对我说："你的那首诗写得很好，人家给编得也很及时……"她说着说着忽然停顿了一下，声音也变得非常微弱，"我永远忘不了那首诗，就像忘不了校园和青春！"

我当时听了这些，心里很不是滋味，以为她在作秀，或是在装腔作势地安慰我。我从她手中抽出自己的手，扭头走了，什么也没说。

转眼八年过去了。又一场风雨过后，又一排梧桐树下的又一个倩影，让我忽然想起那首遗忘多年的小诗。我回到家里，待家人都睡了之后，从书箱的最底层翻出那本从毕业到现在再也没翻动过的杂志。台灯下，当我刚刚翻到那首小诗时，我就看到一条长长的发丝，静静地躺在书页的中缝处，发丝的一端还用大约半厘米见方的一小截透明胶带粘贴着。再仔细看，这条发丝的中部有一个不显眼的紧紧的绾结……我忽然站起来，在室内转着圈子——似乎要追回八年前的那段往事：那是一个夏日午后的自习课上，教室里就剩下稀稀拉拉几个人了，我转过身想和后面的她攀谈攀谈，谁知，她正趴在课桌上一动不动。我以为她睡着了，就恶作剧地想把一只误入室内的红蜻蜓系在她的一根发丝上。就在我小心翼翼地把她的一根发丝绾成扣，准备把蜻蜓的尾巴放在扣里系紧时，她忽然颤抖着身子笑起来。

我一惊，手里的蜻蜓旋即飞了，而且很顺利地飞出了窗外。我没追上蜻蜓，回身往回走时，她已起身，在那里笑个不停。我就"恶人先告状"，装出一副无赖相，嬉皮笑脸地对她说："你赔我的蜻蜓，你赔我的蜻蜓。"

"我赔你的蜻蜓，你还得赔我的美梦呢！"她看教室里就几个比较要好的同学了，便提高了声调说，"我正睡得香香甜甜的，你干吗拽我的头发，我梦中的好事儿都让你给惊散了，你看怎么赔偿吧！"

我就说，我没拽你的头发，我哪有那么坏。她就认认真真的捋出那根被我绾了结的发丝，小声说："有结为证，你还想耍赖？"我连忙赔不是，并说再给她解开。她就摆摆手，让我靠近些，然后伏在我的耳畔说："女人的头发一旦绾了结，永远也解不开了，你看着办吧！"

我就吞吞吐吐起来。她看我为难的样子，反而乐了，就又伏在我的耳畔说："蜻蜓也是个小生命，飞就飞了，你小子不能见什么都想要，对不？"

我一连串地说"对"。她就把声音压得更低了："你以后记住了，女人的头发绝对不能碰，更不能随便绾结，人家会赖上你一辈子的……"

后来，就引发了那首诗。令人遗憾的是，那根绾了结的发丝，被她很巧妙地夹在杂志里，我当时怎么就硬生生地没看到呢？

想来想去，我还是拐弯抹角地打听到她目前的工作单位，并满怀悔意地给她写了一封信。她很快就回信了，信中还夹带着一根长长的白发，白发的梢端，还生出长长的叉来。我捧着那根有些分叉的白发，看了又看，感觉似有千钧的重量。

　　按她提供的电话号码，我读完信就给她拨通了电话。当我问她三十多岁怎么就长了白发时，她哽咽着告诉我，婚后她就开始有白发了，一直没变过来，而今又开始分叉了……我放下电话，直想哭。

女同学的笑声和骂声，时隔多年，仍在我心头回荡。

"你真傻呀你"

眼看就要毕业了。这是一个夏日的黄昏。我再次独自走出校园的大门，想到校园后边的英山上，重新观赏一下风景依旧的川谷林木，亲近一下更加清碧的山涧溪流，回味一下几年来的校园生活和"课外活动"。

就在我走出校门不远，走近一个院墙的拐角时，一个女生猛然蹿出墙角，哎哟一声和我撞了个满怀——她一边顺势抓住我的手臂，一边气喘吁吁地说："快、快救救我，有、有人追我！"

这时，我才看清楚，她是我的同班同学。

"谁？谁在追你？"我说着就下意识地把她拉到我的身后，然后往前走了走，果断地探出身，顺着墙壁往上边的林木荒草间搜寻着说，"你不要怕，追你的人呢？"

"在、在那边的树林里。"她似乎平静了许多，看看我，再看看半山腰上的小树林，小声说。

"什么样的人？"我接着问她。

"小青年，和你差不多。"她用手比画着说。

"他、他为什么追你？"我觉着问得有点儿傻，就又改口问，"你到那里干什么去了？"

"我到那里摘野果，被他遇上了。"她神秘兮兮地说，"他先说帮我摘，后来又说喜欢我，我一看不对头，就跑了。"

"你认识他吗？"我揣摩着她说的话，感觉怪怪的，"是不是咱们校的学生？"

"我从来没见过他那样的人……"她摇晃着头，眼睛却直直地盯着我说。

"挺可怕吗？"我脱口问道。

"太可怕了，"她似乎是恨恨地说，"你不是武术高手吗？该过去教训他一下，省得他今后再打我的主意了……"

于是，我和她一起快步朝半山腰的那片小树林走去。可是，到了小树林之后，一个人影也没有。这时，天色渐晚，我就对她说："你先回去吧，我在这里逗留一会儿。一是看看这里的景色，二是看看那个家伙是不是还会出来。"

"我不回去。"她倚在一棵野山杏的树干上，努起小嘴说，"我不回去，我还没摘到野果呢。"

她在我面前已不是第一次努嘴耍赖了，我知道她是不好劝的，也觉着今天的事儿有些怪，就依着她说："那好吧，我帮你摘。"

我像猴子一样爬到树上，一气儿摘了几十个早已熟透的山杏。我下来后，一一从裤兜里掏给她。她说还有，我说没了。
"还有！还有！"她坚持着说，我只得把短裤上的四个裤兜全翻
过来让她查看。她就笑得前仰后合，笑足笑够了，就指着我的
鼻子说："你真傻呀你，你这个不开化的大傻蛋。"

　　说完，她又咯咯地笑个不停。我也莫名其妙地附和着傻笑。

　　就在我俩刚坐到一块留有太阳余温的岩石上，剥着皮吃那
又酸又有些苦涩的山杏时，她又发现了两个并蒂长在一起的山
杏，央求我再爬树去摘。

　　当我在摇摇晃晃的树枝上很费劲地摘那两个并蒂杏时，她
在下面又喊又叫："我的大傻瓜，你可千万不要把两个杏摘散了，
我要你连树枝一块儿折下来，你要是摘散了，我非把你的小脑
袋拧下来不可……"

　　当我把两个并蒂杏小心翼翼地摘下来递给她时，她却把两
个杏一下分开了，自己留了个小点儿的，把那个大些的递给
我，半是认真半是玩笑地说："两个杏能这样长在一起，肯定
是有些说法的，杏肉留不住，咱们就趁鲜吃了吧，不过，杏核
可要放好了。咱们很快就要毕业了，这就算我给你的纪念礼
物吧。"

　　在她的逼迫下，我吃下那只更加酸涩的并蒂杏，她又小声
问我："味道怎么样？好吃吗？"

　　"味道不错。"我一边咽口水一边回答说，"还算好吃吧。"

　　"还有更好的呢……"她目光热辣、闪烁其词地说。

　　"什么更好的？"我懵懵懂懂地问。

　　"你说什么更好的。"她的脸上忽然泛起阵阵绯红，声音更

小地说，"你这个傻瓜，你真傻呀你……"

　　当晚自习下课的铃声过后，我俩踏着山径上斑驳的月光往山下走时，我又想起她说有人追她的事来，就故意问她："你说有个小青年追你，怎么一直没见那家伙的影呢？"

　　"那个家伙不就是你吗？"她在我肩膀上使劲拧了一下说，"不就是你先说帮我摘野杏，后来又说喜欢我的吗？你这个傻瓜，你真傻呀你！"

第五辑

一句话

都不想说

我忽然如芒在背，倒吸一口冷气。再不知如何打发这个难缠之宾、不速之客……

施舍者的烦恼

老婆孩子今天中午都不回家吃饭，我一个人到街口的小店里吃田螺喝啤酒。就在我听着慢悠悠的音乐、啜着凉丝丝的啤酒、想着乱纷纷的心事时，一个黑乎乎的身影在我一侧晃来晃去。我回过神来转脸一看，原来是一个流浪者（不能说他是乞丐，因为他没向任何人乞讨）正在我身边紧张兮兮地捡地上的那些长短不一的烟头儿。正当他直起身来向我借火引烟时，店里的服务员发现了他这个不速之客，遂大声呵斥着赶他出去。

我就说："那个火机我不要了，你留着用吧。"

他愣愣地看了我一眼，紧紧地攥着那个一次性的火机，很不情愿地走出店门。

我继续听音乐，吃田螺，喝啤酒，想心事。谁知，不大一会儿，那个浑身都黑乎乎的流浪者又悄无声息地出现在我的身边。这次，他不再捡烟头儿，而是畏畏缩缩、咳嗽不止地站在我面前，愣愣怔怔地凝视着我。我被他看得浑身不舒服，就把剩下的半包烟递给他，小声说："拿着，到外边去吸吧。要不，服务员看到你，又该赶你了。"

流浪者冲我怪怪地笑了笑，果真走到门外去了。

我吃饱喝足回到家里，正想休息一下，忽然听到门外传来一种耳熟的咳嗽声，而且愈来愈清晰，愈来愈强烈。

我不无困惑、不无疑虑地推开门——果真是那个流浪者，他倚在我家门外的砖墙上，怪怪地笑着，直愣愣地看着我。

我万般无奈地回到屋里，心想，流浪者也确实不容易，就取出两包烟和几个洗好的苹果，装在一个塑料兜里，赶快回到门外，递到流浪者手里，一边给他东西一边不知说什么好："这是给你的，你、你走吧，别在这里咳嗽了，行不？我、我还得休息。"

流浪者一把从我手里接过塑料兜，怪怪地看了我一眼，怪怪地笑着走开了。

可是，第二天清晨，当我爱人打开院门时，她不无惊讶地叫了一声。我问怎么了，她说门外躺着一个人。我赶紧穿衣起床，走到门口一看，原来躺着的人已经站起来了——又是那个浑身黑乎乎的流浪者！我忽然如芒在背，倒吸一口冷气，再不知如何打发这个难缠之宾、不速之客……

就在他又敲响邻居的门时，我儿子忽然抓起电话。

文明的贼

星期天的下午，我和爱人、孩子正坐在一起看一部电视连续剧，忽然有人敲门，我调低了音量，习惯性地问："谁呀？"

敲门者马上回答："我是小偷，你到门口来一下，我有话给你说。"

我想，可能是哪个熟人变着腔调逗着玩，就起身去开门。

门开了，一个戴着墨镜的陌生男子低声对我说："不好意思，打扰了，我真是个小偷，而且是撬门别锁、偷盗自行车的高手。可是，最近一段时间，我忽然良心发现了，不想再干那缺德的事了，想做个文明的贼，可我一得吃喝、二得生存，还得给老大进贡……实在是没办法啊，简直是走投无路了，大哥开开恩，给个十块八块的吧。救救小弟的燃眉之急。"

他一边说着，一边从挎包里掏出螺丝刀之类的作案工具来，一件一件地让我看，以便证实他说的话。我感觉怪怪的，正想反驳什么时，爱人一把把我拉到她的身后，强装笑脸地对戴墨镜的小青年说："改了就好，浪子回头金不换，你真是个文明的贼，谁没有作难的时候呀，这十块钱你拿着……"

没等我爱人把话说完，那家伙就从她手上接过钞票，点头哈腰地说："谢谢、谢谢，实在是不好意思，你们关上门吧……"

更让人感到意外的是，在我爱人轻轻关门的瞬间，那家伙还非常礼貌地连声说："再见，再见。"

就在他又敲响邻居的门时，我儿子忽然抓起电话。我爱人问儿子干什么，儿子说："报案，绝不能让这种人嚣张下去……"

本来很虚荣、很要面子的我，此时此刻，不但不感到丢人现眼，反而有一种从未体会过的自豪感、高尚感。

面　子

这是初秋时节的一个午后，我到离城二十多公里的一个郊区小镇上，购买一件拇指大小的古玩。待谈妥价钱，终于将玩物弄到手后，已是傍晚时分了，天又飘起云彩刮起了风，一副要下雨的样子。我匆匆忙忙往车站赶，怕误了六点一刻的末班车。就在我拐出一条小巷，刚看到那辆已停在站牌下的公交车时，一位忙着收摊的卖水果的老大娘忽然叫住我，让我帮她往三轮车上抬一筐苹果。也许是我太心急了，也许是我刚买的西裤做工有问题，就在我猛然蹲下抬苹果筐时，我的裤裆挣裂了，而且裂得特别彻底，前边与前开门通上了，后面也到了腰带。卖水果的老大娘见此情景，不无歉意地说："孩来，快跟我回家，我好给你缝上……"

眼看车就要开动，我一边说"不用了，谢谢您"，一边脱下自己的衬衫慌慌张张地缠绕在腰间，遮住臀部——只好这样遮羞了。

谁知，刚上车不久，意料之外的事情就接连发生了。

先是坐在我对过的一位年轻妈妈，她怀里的孩子一直哭，看来是因为冷，尽管是初秋，可由于车前部的两块玻璃都没了，一种夹杂着雨腥气的冷风灌满车厢，而年轻妈妈穿着单薄，实在无衣物可脱，就颇受难为、无可奈何地向我求助："这位兄弟，你要是不怕风，不怕冷，能把腰里的衬衣借俺一用吗？孩子确实受不了了……"我就非常尴尬地摇摇头、摆摆手，吞吞吐吐地说："对、对不起，我、我不能脱的……"

后边就传来议论声，有人说把衣物缠在腰里挺时髦、挺帅气的，有人说现在的年轻人真够那个的……看情况，还有人准备脱下他们的衣物照顾孩子。我如芒在背，果断地解下那件衬衫，伸手递给那位年轻妈妈。心想，只要不站起来，谁也看不见我的"好戏"。

哪料想，接着的事情就更没有退路了。一位中途上车的白发老人，看车厢里没有空座了，就偏偏站在了我的身边。我苦笑着抬脸看看他，他苦笑着低头看看我。可他哪会想到，我那该死的裤子！奇怪的是，满车厢的老老少少就没有一个肯为老人让个座的，像是都在与我较劲儿、与我过不去。

随着车速的加快，风更大了，老人也更加站不稳了，我的额上背上却渗出了黏糊糊的汗来。当白发老人差点儿跌倒而按住我的肩膀时，我终于坐不住了，"勇敢"地站起身，扶老人坐下来。

老人一坐下，马上发现了我裤子的秘密，他老人家哭笑不得地赶忙站起，连声说："还是你坐、还是你坐吧……"

我就异常镇静地说："没关系的，还是您老的身子骨重要，我不在乎，别人也不会在乎这些的。"

老人笑哈哈地重新坐下了。我转过身来，倚在他后面的靠背上，任凭呼啸的风胡乱吹动着我的背心和裤子。天越来越暗了，路灯却越来越多、越来越亮堂了。许多人脸色都红红的，不知是想笑而又不好意思笑憋的，还是因刚才误解了我而感到羞愧。

我一会儿透过车窗扬眉吐气地望望远方，一会儿俯下身来逗引着不再哭泣的娃娃，本来很虚荣、很要面子的我，此时此刻，不但不感到丢人现眼，反而有一种从未体会过的自豪感、高尚感。

成功者有成功的原因，失败者更有失败的缘由。

失业的表弟

　　表弟高中没上完就上了班，在一家效益不错的国营工具厂干钳工。这在当时，是令许多人羡慕的事儿。谁知，时过境迁，那年夏天，正是而立之年的表弟下岗了。不过，他倒闲不住，下岗第三天就颠颠地跑到我家，一进门没等坐下就开门见山地对我说："你们报社缺人不？无论如何你得给我找点儿事干，我这年纪轻轻的总不能坐吃山空吧。"

　　后来，我便托关系在我们报社的印刷厂为他谋了个差事，在印刷车间分拣、整理报纸。可是，刚过两天，他又跑到我的办公室，当着我两个同事的面，大声对我说："你给我找的什么工作！那哪是老爷们干的事儿？再说这活儿也太紧张，后半夜印出来的，一早就得上报摊，忙得人连喘气的空都没有。你看，我的手指都磨破了，指头肿得像脚趾……"

　　我就说，你先干着，有机会咱们再找好的嘛。

　　"哪有好的？"表弟一屁股坐在我对面的椅子上，一边抽烟一边说，"我就觉着你的工作好，写写画画、喝着大茶就能拿工资。"

我就说，这也是一种劳动，只是方式不同罢了，也不像你想得那么省事儿，常搞得我头昏脑涨的。我看他仍是一副羡慕的表情，就又说，你要是喜欢，不妨学学这方面的知识，先业余时间练习练习，写点稿，常了也就像我一样了。

表弟听到这里高兴起来，站起身来回踱着步，一手扶腰一手叼着烟卷，一副伟人的模样。他自己转了一阵后，走到我身旁，小声对我说："表哥，你是干编辑的，我就应该搞写作……"

"那你就试试吧。"我转身对他说，"不过，你最好不要放弃目前的这份工作，业余时间先搞着。"在他准备告辞时，我又不无忧虑地补充了这么几句。

"那是、那是。"表弟一边回应一边走了。

三天后，他又跑到我的办公室，一进门就说："我不想干了，他们也不想要我了……这几天的工资都结了。以后，我可要专心致志地搞写作了。"

我无奈地摇摇头，不无焦虑地对他说，你最好还是找份差事干，一边打工一边写作两不误才对。

他就说："行、行，你得告诉我要哪方面的稿子，怎么个写法。"

我说，你绝对不能只靠给我的版面写稿，那样路子也太窄了。你得多样化发展，而更重要的是要打好基础，勤学多练。

"行，行，你给我找点儿学习材料吧。"表弟一副跃跃欲试的样子。

于是，我给他找出几本有关文学和新闻方面的写作知识书籍，又给他拿出几本我珍藏的散文及小小说精品集，让他好好看看、好好学学。

几天后的一个深夜，他敲响了我家的房门，一进门就说："我写了两篇散文，三篇小小说，你快看看吧！"

我看了两篇之后，觉着就像二三年级小学生的作文。就对表弟说，你先看看人家是怎么写的，不要急着下笔。我一边说着一边随手翻到一篇他折了角的小小说，对表弟说，你看人家是怎么把一件小事用生动的语言写出人物和内容的……

没等我说完，表弟就说："也看不出怎么好来，只是看到两个错别字，不知是作者写错的，还是编排印错的……"

我就说，你看得还真仔细，我看几遍了还没注意到里面有错别字呢。

听到这里，表弟以为我在夸奖他，就高兴起来，俯身对我说："天也不早了，我该回去了，这几篇你就看着办吧，收到稿费后请你撮一顿。"

接着的几天，他又送来几篇"散文""小小说"，并一再催我尽快编发。我说什么他也听不进去，还踌躇满志、自以为是，弄得我哭笑不得。

就在我正拿表弟毫无办法时，巧了，市作协聘请北京的一位著名作家来济南为青年作者们现场授课，我便邀上表弟一同去听。听完著名作家的一席话，真是胜读十年书。我非常激动地问表弟，感觉怎么样？发现了什么诀窍么？

你猜表弟怎么说。

他对我说："没什么感觉，只是发现那家伙嘴里左上边有一颗假牙。"

成功者有成功的原因，失败者更有失败的缘由。

时代进程中，别让尘埃污染了我们的心灵。

巨 变

那是二十年前的一个月明星稀的乡村的深夜，我起来小便时听到院子里有响动，便蹑手蹑脚地走近房门，从门缝里往外一看，是三叔正拉着一辆地排车轻轻地慢慢地往外走，像是怕惊动了家人和宁静的月夜。

待三叔走远些时，我悄悄地把门缝开得稍大些，借着朦胧的月光目送三叔向村外走去，我想看看三叔去拉什么。这时，父亲就在里间叫我："洋洋，深更半夜的你不睡觉，干什么了？"

于是，我就把三叔拉地排车外出的事儿向父亲讲了。父亲干咳了两下，小声说："大人的事儿，小孩别管。"其实，那时的三叔也只有十八岁。

我怕父亲发脾气，就乖乖地回到床上，可我怎么也睡不着，老想着三叔是干什么去了。一种童稚的好奇心，让我构思、想象出多种可能和情境。待父亲重新发出均匀的鼾声后，我终于再次悄悄地走近房门，拉大门缝往外看。在三叔走去的方向，大约有半里地远的河岸下，我隐约看到有一个人影晃动着。我料定那就是三叔了。于是，我就站在门后等待着。

不大一会儿，那个人影就离开了河岸，朝村子走来，身后拉着一辆地排车。走的近些时，我终于看清楚那个拉车人就是三叔——他正吃力地拉着满车的沙土。于是，我从门缝里挤出去，跑向三叔，帮他推车子。他看见我，先是一愣，接着笑了，小声说："小家伙，你怎么还没睡？快回去睡吧。"

"我不回去，我给你推车。"我满口耍赖的语气。

三叔就停下来，一边用袖子擦着脸上的汗，一边把我拉到他身边，既紧张又非常严肃地对我说："今天晚上的事儿，你千万不要讲出去，一辈子也不要讲……"于是，我也紧张起来，不停地点着头，心想，刚中学毕业的叔叔能干什么见不得人的事呢？

我一边这样想着一边为他推着车子朝街里走去。走到街心时，前面有一个被雨水冲成的深沟。三叔就把地排车倒过来推着，走近大沟时，他让我躲开，自己一伸胳膊就把车架连同车上的沙土一起掀起来，将土倒进深沟里。

后来，说什么我也不回去，硬是跟着三叔又拉了两趟，才把那个深沟填平。我当时尽管还没到上学的年龄，可我懵懵懂懂地觉着，这不是在干好事吗，三叔怎么像做贼似的？

直到我上到小学二年级，老师讲到有关"无名英雄"的事迹时，我才对三叔那天深夜的举动有了明确的认识。

转眼二十多年过去了。三叔现已是两个孩子的父亲，他早已离开那两间破茅草房，住上了两层的楼房。村里的街道也早已变成了平整的沥青路面。可是，当年那个月明星稀的深夜，却常常在我的记忆深处闪耀。

　　前些天，我从生活了多年的省城回到家乡探望年迈的父母，正赶上圆月高挂的日子。在一个月明星稀的晚上，我怀想着童年的往事去找多日未见的三叔。我走上三叔家漂亮的两层小楼时，只有三婶在家，她正站在二楼的阳台上朝远处望着。我问三叔干什么去了，三婶便把我让到室内，小声对我说："他去河岸上拉东西了，一会儿就回来，你坐下等等吧。"

　　"拉什么东西？是不是又要做'无名英雄'？还用我去接他吗？"我不无激动和感慨地说。

　　"哪里，哪里。"三婶压低嗓门，神秘兮兮地对我说，"南河修桥呢，岸边堆满了水泥、石子和沙子，你三叔和你弟弟趁夜间没人看管，就去拉些来，好铺一下咱家院子的地面。哪还用接啊，他爷俩开着两辆新买的机动三轮车，马力大着哪……"

　　三婶话没讲完，楼下就传来三轮车的噪音。

有不少人，就是如此这般地长期沉浸在一种自我炫耀的"光荣经历"里，甚至是一生一世。

另一种炫耀

在自己的家乡，我曾遇到两个"了不起"的人物。

一是本村的"老八路"，他这个自称参加过抗日战争的老军人，却在解放战争初期做了解放军的逃兵，一生窝在我们的小村里，不但没什么作为，连个媳妇也没找上，但他常常滔滔不绝地讲他的"光荣"历史，而所有的"闪光点"又都围绕着这么一种不知是真是假的炫耀——他曾在棋盘上胜过陈毅司令员一局……

二是我外婆村里一个在某中学食堂做厨师的胖墩，有一次我去看望年迈的舅妈，表哥不知为啥把他请来做陪客。当他听说我喜欢写作时，就激动得手舞足蹈，并一再说："有空写写我、有空写写我！"原来，在他的少年时代曾有过一次"不得了"的"胜绩"，而被他摔倒、打哭的那位少年，如今是一位赫赫有名的将军……

别笑，其实有不少人，就是如此这般地长期沉浸在一种自我炫耀的"光荣经历"里，甚至是一生一世。

我的爱人是好样的，但他一句话都不想说！

一句话都不想说

郑昶是个哑巴，要讲他的事迹，得从他上中学的时候写起。

据他的一篇日记记录，在他上初中一年级的那个夏天，有一次，他去上学，路过一个坡。他见有一个拉板车的叔叔正非常吃力地往上攀，就追上去，把自己的书包放在那人车上的纸箱里，使劲地帮那人推车。终于上了坡，他一边用左臂的袖子替自己拭汗，一边伸出右臂去拿自己的书包。就在这时，拉车的转过身来，看到了热得满脸绯红的郑昶，就朝郑昶吼了一声："干什么的?!"

郑昶就指了指那人的车子，又指了指自己的书包。

拉车的马上停下车子，满脸狐疑地先围着他的车子转了两圈，又围着郑昶转了两圈，接着，竟伸手夺过郑昶的书包，翻看检查了一番。看架势，要不是夏天穿得单薄，郑昶也难逃搜身的尴尬了。最后，拉车人还阴阳怪气地指着郑昶的鼻子说："想偷我的苹果，还装哑巴，你这孩子真是人小鬼大……"

当拉车人终于骂骂咧咧地走了之后，当围观的人们议论纷纷地散去之后，小小的郑昶撇嘴大哭。

后来，嘴哑心不哑的郑昶以优异的成绩考入一所名牌大学，又因他乐于助人、风格高尚，大二的时候就入了党。

也就在大二暑假时，他从家乡坐火车回学校，在出站的时候，因一少妇的误解，他居然被警察带到了审讯室，差点吃了大亏。

由于暑假期间正赶上家乡的农忙，在泥里水里、在烈日下摸爬滚打了一两个月的郑昶，看上去又黑又瘦——没人相信他是名校的高才生。可是，脸再黑，他那颗火红的心依然如初。出站的地下通道里，他看到一位抱孩子的少妇，另一只手还提着一个又大又重的包裹，就赶上去想帮她抱着孩子或提提包。谁知，他那黑瘦的形象和手脚并用的表达方式，引起了少妇的怀疑。当他向少妇表达了一番自己的诚意后，少妇不但没弄明白他的意思，还对眼前忽然出现的这个小伙子产生了更大的疑惑和戒备心。少妇开始向他嚷嚷，让他走开，并引来不少人的注目。他为了表达自己的原意，以便消除不应有的尴尬和误会，就果断地掏出自己的钱包，一边递给少妇，一边弯腰去提少妇的包裹。一点也不懂哑语的少妇，扬手扔掉他的钱包，就势蹲下来按住自己的包裹，大喊抓流氓、捉贼。

结果可想而知，一脸委屈的郑昶被警察毫不客气地带到了审讯室。后来，多亏他记着校领导家里的电话，警察才了解到他是个真哑巴，是个行为端正、精神正常的好学生，才放了他，归还了他的钱包。

再后来，他有了工作，有了妻子和房子。有一次，他陪妻子去购物，在大街上碰到一个歹徒正抢一个妇女的钱包。他毫不犹豫，挺身而出，赤手空拳地与手握匕首的歹徒较量起来。就在他与歹徒鏖战的当儿，那位惊魂未定的妇女趁机骑着小摩托车溜了。

结果，他被歹徒刺中三刀，他的妻子也被歹徒刺中一刀，双双倒在血泊之中。

半月之后，那个歹徒终于落入法网，可这家伙死不承认那天的抢劫行为，还说是郑昶故意惹事端。警察便根据郑昶妻子提供的摩托车号码找到了那辆摩托车的女主人。可是，那名妇女却说自己从来也没遇到过什么歹徒。警察只好带那位妇女去医院见证人。就在郑昶夫妇确认她就是那天的受害者时，趾高气扬、一脸不屑的妇女暴跳如雷、破口大骂，斥责郑昶夫妇是疯子、是歹人，是想陷害她，是想让她付医疗费……

面对电视台的新闻记者，郑昶的妻子泪流满面地说："我的爱人是好样的，但他一句话都不想说！"

在这个风尘弥漫的世界上，相互的关怀、理解和爱，才是人间的真正福祉。

救命恩人

寒冬的夜晚，小王在朋友家喝多了酒，在回家的路上酒劲发作，迷迷糊糊地跌倒在路边。

深夜，当他醒来时，发现身上盖着一件破棉衣。再看，有一个人正用一只铁缸子在离他不远的地方烧水，废纸和树枝在用几块砖支起的火道里熊熊燃烧，映照着一张温情、焦虑、异常憔悴而又有些熟悉的脸——一个小王经常遇到的在本地常年靠讨饭为生的老太婆，正在那里冻得瑟瑟发抖……

小王的心头一热，眼睛模糊了。他慢慢坐起来，也不敢大声说话，怕吓着正聚精会神为他烧水的她。当她终于烧开了水，端着走近小王时，小王一把抓紧她的手，非常感动地说："老妈妈，走，跟我回家！要不是你救我，我肯定冻死在这里了！"

从此，大街上少了一个讨饭者，小王的家里多了一位慈祥善良的"老妈妈"。

在这个风尘弥漫的世界上，相互的关怀、理解和爱，才是人间的真正福祉。

一对至死不渝的黄莺，挽救了人间一场即将破碎的婚姻。

黄莺之恋

这是发生在我身边的一个真实的故事。

他和她大学没毕业就开始同居。二人双双拿到硕士证书的第二天就捧回了结婚证。之后，二人一起应聘、一起负责某大型企业的项目攻关。然后，又双双辞职，双双投入到开办私营公司的日常事务中。在那些努力学习、顽强拼搏的日日夜夜里，二人可谓相得益彰、情投意合，是一对让人艳羡的恩爱情侣。就连二人精心喂养的一对黄莺，也受主人的影响，在笼中娇声细语、亲昵异常。让二人惊奇不已的是，每当他俩在家中情不自禁地拥抱接吻时，那对黄莺也亲密地纠缠到一起，像是在效仿主人的美妙动作。

可是，人生之路往往充满着让人躲避不及的磨难和艰辛。他和她倾尽心力财力创办的公司一夜之间倒闭了，二人苦心经营多年的家业一下变得荡然无存。在深深的挫折感里，二人的心情变得沉重而糟糕，一时失却了往日的欢声笑语、柔情蜜意。这还不算，大难面前，曾经心心相印的伴侣竟然产生了难以沟通的隔阂，二人由最初的相互沉默渐渐发展到相互埋怨、相互指责。

终有一天深夜，在寒冷的气流和肆虐的风雪里，二人的矛盾激化到了互相攻击、互相厮打的程度。在二人歇斯底里的吵闹中，窗玻璃被砸碎了，挂在窗台边的鸟笼也被撞碎了，两只受惊的黄莺在房间里飞了两圈后，又双双落在冷风吹雪的窗台上，惊恐不安地看着主人们吵闹。

天亮之前，他甩门而出；天亮之后，她锁门而去。

一个星期之后，二人通过在电话中协商，决定到他们的居室最后一聚——拟定一下离婚协议，分配一下财产。

当她和他一前一后走进那套人去楼空的居室时，二人的目光几乎是同时投向那个破烂不堪的鸟笼——竹制的底座上，尚存的残雪间，一对早已僵硬的黄莺交颈而卧……

先前一步的她用颤抖的双手小心翼翼地捧起那两只到死仍依偎在一起纠缠在一起的曾受她宠爱又被她遗弃的小生灵，悲恸地喃喃自语："既然这样了，你们为啥不从窗洞里飞走逃生呢?!"

后来一步的他对那只他亲手买来又不慎撞坏的破鸟笼呆呆地凝望了好一阵子，然后用双臂搂抱着空空的竹笼，一字一顿地说："都是我不好，我对不起你们俩，对不起这个家……"

这时，已就地坐在湿漉漉的地毯上的她，啜泣着哭出声来。

就这样，一对至死不渝的黄莺，挽救了人间一场即将破碎的婚姻。